Coelho maldito

BORA CHUNG

Coelho maldito

TRADUÇÃO
Hyo Jeong Sung

Copyright © 2017, 2023 by Bora Chung
A edição coreana original foi publicada em 2017.

*Grafia atualizada segundo o Acordo Ortográfico da Língua Portuguesa de 1990,
que entrou em vigor no Brasil em 2009.*

Este livro é publicado com o apoio do Instituto de Tradução de Literatura da Coreia
(LTI Korea).

Título original
저주토끼 (Cursed Bunny)

Capa
Mariana Metidieri

Ilustração de capa
Ing Lee

Preparação
Giu Alonso

Revisão
Huendel Viana
Marise Leal

Dados Internacionais de Catalogação na Publicação (CIP)
(Câmara Brasileira do Livro, SP, Brasil)

Chung, Bora
    Coelho maldito / Bora Chung ; tradução Hyo Jeong
Sung. — 1ª ed. — Rio de Janeiro : Alfaguara, 2024.

    Título original : 저주토끼 (Cursed Bunny).
    ISBN 978-85-5652-199-6

    1. Ficção sul-coreana I. Título.

23-173349   CDD-895.73

Índice para catálogo sistemático:
1. Ficção : Literatura sul-coreana   895.73
Cibele Maria Dias – Bibliotecária – CRB-8/9427

Todos os direitos desta edição reservados à
EDITORA SCHWARCZ S.A.
Praça Floriano, 19, sala 3001 — Cinelândia
20031-050 — Rio de Janeiro — RJ
Telefone: (21) 3993-7510
www.companhiadasletras.com.br
www.blogdacompanhia.com.br
facebook.com/editora.alfaguara
instagram.com/editora_alfaguara
twitter.com/alfaguara_br

Sumário

Coelho maldito	7
A cabeça	29
Dedos gélidos	45
Menorreia	61
Adeus, meu amor	87
A armadilha	105
Cicatriz	121
Lar, doce lar	165
O senhor do vento e da areia	191
Reencontro	209

Coelho maldito

"Tudo que é usado em maldição deve ser bonito", era o que o meu avô sempre dizia.

O abajur é uma graça, tem o formato de um coelho sentado ao pé de uma árvore. A parte da árvore não é assim tão caprichada, mas o coelho obviamente foi feito com muita dedicação. É todo branco, com apenas os olhos e as pontas das orelhas e do rabo pretos. Apesar da rigidez do material, a maciez dos lábios rosados e a leveza da pelagem estão ali, minuciosamente representadas. Quando aceso, o abajur ilumina o coelho por inteiro, dando a impressão de que, pelo menos naquele momento, o animal é de verdade e vai começar a balançar as orelhas e a mexer o nariz a qualquer instante.

Todo objeto tem a própria história. Esse abajur não foge à regra, principalmente porque também foi usado para rogar uma praga. Sentado na sua poltrona ao lado do abajur, meu avô conta e reconta essa história que eu já tinha ouvido inúmeras vezes.

O abajur tinha sido feito para um amigo.

Não se deve produzir nem usar objetos de maldição para interesses pessoais. Essa era a regra da minha família, que vinha produzindo esse tipo de objeto havia gerações. O coelho tinha sido a única exceção.

— A família do meu amigo tinha um alambique.

Meu avô sempre começa assim e continua com a mesma pergunta:

— Você sabe o que é um alambique?

Eu sabia, sim, porque já tinha ouvido essa história inúmeras vezes. Mas meu avô continua explicando, sem esperar a resposta.

— É o que as pessoas atualmente chamam de fábrica de destilados. Era a maior da região. Hoje em dia, não se veem mais alambiques daquele tamanho funcionando como empresa familiar. Era uma fábrica grande, toda a vizinhança trabalhava ali. Naquela época, ser dono de um alambique significava ser uma das famílias mais respeitadas da região.

Meu avô não sabia explicar como ele, vindo de uma linhagem produtora de objetos de maldição, e o filho dessa gente tão rica se tornaram amigos. Ele vivia dizendo que não sabia. Oficialmente, a família do meu avô, ou seja, a minha, era de ferreiros. Quando necessário, fabricávamos e consertávamos ferramentas de agricultura ou de uso diário. Mas todos da região, até mesmo as crianças, sabiam qual era nossa verdadeira profissão.

Chamados gentilmente de xamãs nos dias de hoje, os bruxos, benzedeiros ou defunteiros na época pertenciam todos à mais baixa classe social. Não que eu seja a favor da estratificação social, mas só para explicar como as coisas funcionavam naqueles tempos. Só que nem mesmo a essa classe mais baixa a família do meu avô, ou melhor, a minha família pertencia. Primeiro porque não éramos procurados pelo povo para executar cerimônias xamânicas nem para ler o futuro. Nem com a morte, desagradável, porém inevitável, estávamos ligados, pois não éramos procurados para funerais ou velórios. Trabalhávamos com algo ligado ao xamanismo, mas ninguém ousava dizer em voz alta qual era a verdadeira ocupação dessa gente que oficialmente consertava ferramentas em sua loja de ferragens. Era difícil definir o nosso trabalho em poucas palavras. Além disso, diziam as más línguas que os que mexiam conosco eram amaldiçoados. É claro que tínhamos a regra de nunca utilizar objetos de maldição para fins pessoais, mas não havia como os moradores da região saberem disso e, mesmo se soubessem, nada mudaria. Tudo isso para dizer que a minha família era evitada a todo custo.

Segundo meu avô, seu amigo parecia não ligar para essas coisas. Nem para os rumores que corriam pelas redondezas, nem para os fuxicos, nem para o olhar ao mesmo tempo horrorizado e inquiridor dos vizinhos. Esse amigo não se incomodava com nada disso. Para o filho do dono do alambique, todas as crianças da sua idade, nascidas e crescidas na região, não importava a profissão dos pais, eram suas amigas, e, por isso, não havia motivo para manter distância de ninguém. Sendo aceito como amigo pelo filho dessa família rica e influente da região, pouco a pouco, meu avô passou a ser aceito pelas outras crianças também.

— Os pais dele eram boas pessoas e muito esclarecidos — dizia meu avô. — Não destratavam ninguém só porque tinham dinheiro e poder. Sempre cumprimentaram os vizinhos com gentileza e humildade, e sempre foram os primeiros a arregaçar as mangas para ajudar, fosse em momentos de alegria ou de dor.

Além disso, levando em consideração os critérios atuais, os pais do amigo do meu avô eram também ótimos gestores, já que abandonaram o modelo de negócios da época, que consistia em vender seus produtos apenas para a população local, e passaram a padronizar e modernizar o processo de produção, expandindo as vendas para outras regiões e, por fim, para todo o país. Com a guerra, se refugiaram no sul como todo mundo e, ao voltarem, encontraram a região, inclusive o alambique, em ruínas. Mas isso não os desanimou. Muito pelo contrário: mostraram mais garra do que nunca, determinados a usar aquela oportunidade para recomeçar do zero com o novo processo de produção moderno e padronizado.

Compartilhando os pensamentos dos pais, o amigo do meu avô também se dedicou com toda a seriedade do mundo à empreitada.

— Como ele seria o próximo dono do negócio, a gente achou que era mais do que lógico ele estudar administração, mas não. Ele decidiu fazer engenharia. Dizia que, mesmo com a produção em grande escala, descobriria uma forma de manter o sabor da bebida de arroz igual ao da época em que se destilava artesanalmente. Era um menino, recém-formado no colegial, mas muito ambicioso, dizendo que ia conquistar o país com o sabor da bebida da família.

O que freou sua ambição foi uma nova política de abastecimento agrícola do governo, cujo objetivo principal era atingir a autossuficiência em arroz. Assim, foi proibido o uso do produto na fermentação de certos tipos de bebida alcoólica. Essa política pôs fim ao modo tradicional de produção de bebidas feitas com arroz, fermento natural e água, fazendo surgir em seu lugar uma bebida barata feita com álcool etílico, que dominou o mercado. A adição de água e saborizantes artificiais era indispensável para transformar essa mistura asquerosa em algo que pudesse ser engolido.

O amigo do meu avô se sentiu derrotado. Mas não desistiu, porque ainda era o filho de uma família de excelência em bebidas tradicionais herdada por gerações e também porque se considerava especialista no assunto. Resolveu, então, aceitar a política do governo, concordando que o arroz era, de fato, um recurso relevante para a nação e que a alimentação do povo era mais importante do que a produção de bebidas alcoólicas. Começou a procurar um meio de reproduzir o autêntico sabor da bebida tradicional levando em conta os costumes da fabricação artesanal, como a proporção ideal dos ingredientes, o teor alcoólico, a temperatura da fermentação e destilação, sem deixar de obedecer à ordem governamental.

Sempre que chega nessa parte, meu avô faz uma pausa para aumentar o suspense.

— E o que você acha que vai acontecer depois? — ele olha para mim e pergunta. — Você acha que esse meu amigo conseguiu encontrar a fórmula ideal ou não?

Ouvi essa história tantas vezes. Já sei qual é a resposta.

Mas, como sempre, balanço a cabeça para dizer que não.

— Ele conseguiu, sim. Era um rapaz muito inteligente e sagaz — diz meu avô com um sorriso cheio de amargura. — Mas acabou falindo.

O amigo do meu avô queria apenas desenvolver uma bebida mais saborosa e saudável. No entanto, não fazia ideia de que vivia numa época em que contatos com pessoas influentes do governo, presentes caros, troca de favores ou até eventuais propinas por baixo do pano eram mais importantes do que a qualidade do produto ou técnicas de produção ideais.

Além disso, havia uma empresa, muito maior do que a do amigo do meu avô e com inúmeros contatos políticos e formas de agradá-los, de olho nesse novo mercado de bebidas alcoólicas. A tal empresa anunciava esse líquido, mera mistura de álcool, água e adoçante, como sendo "o preferido do povo" e "o sabor da tradição". Ao mesmo tempo que os executivos publicavam anúncios na mídia impressa, boatos mentirosos eram espalhados de que o amigo do meu avô misturava álcool industrial na bebida, o que causava cegueira, deficiência e até morte quando consumida em excesso.

As vendas despencaram. A fábrica teve que ser fechada. Por mais que desmentissem os boatos, as pessoas não acreditavam. O amigo do meu avô se dispôs a tomar a bebida em frente às câmeras, mas nenhuma emissora lhe deu ouvidos. Sem o apoio de jornais, rádios ou emissoras de televisão, não havia jeito de transmitir sua posição, pois não havia internet. Tampouco adiantava levar o caso à Justiça porque, sem tecnologias para gravar ligações ou salvar mensagens como as que existem agora, não havia maneira de descobrir como os boatos se espalhavam. O juiz decidiu que não havia provas de difamação ou danos morais, e o amigo do meu avô acabou com dívidas enormes, não só pela empresa, mas também por causa das tramitações judiciais. Aos trinta e poucos anos, deixou um bilhete pedindo desculpas à família e se enforcou. Seu corpo foi encontrado pela esposa, que desmaiou diversas vezes durante o velório e que, não muito depois do funeral, seguiu o mesmo caminho irreversível do marido. Parentes que viviam no exterior levaram os filhos do casal, órfãos assim de repente, e nunca mais ninguém ouviu falar deles.

A empresa falida, a fábrica e todas as instalações foram vendidas a um preço baixíssimo para a concorrente que tinha espalhado os falsos boatos sobre uso de álcool industrial. Assim, a fórmula para a produção da bebida, desenvolvida com a dedicação de uma vida inteira, também acabou nas mãos da concorrente, que a trancou no fundo de um cofre para sempre.

— No fundo de um cofre? Por quê? — eu tinha perguntado, com toda a inocência do mundo, na primeira vez em que ouvi a história.

— O que aquela empresa perversa queria era ganhar muito dinheiro vendendo a bebida barata deles, sem interesse nenhum em desenvolver produtos de qualidade — explicava o meu avô. — Já que eles não estavam preocupados em melhorar a fórmula, nenhuma outra empresa podia ter acesso a ela, para evitar a concorrência.

E assim a versão moderna da receita tradicional de gerações de produtores de bebida tinha sido mantida na escuridão, à força.

Foi por isso que meu avô fabricou o coelho maldito.

— O que há de errado em querer vender bebidas alcoólicas de qualidade? Qual é o problema em não ter contato com pessoas influentes? É errado não ter dinheiro para agradar esses poderosos? Isso é motivo para destruírem uma família inteira? — Meu avô balança a cabeça. — Ele era uma pessoa tão boa, tão alegre, tão dedicada... Um bom marido e um bom amigo...

Mesmo tendo repetido dezenas de vezes a mesma história, quando chega nessa parte meu avô sempre fica com a voz trêmula e os olhos vermelhos.

— Eles simplesmente destruíram vidas e toda uma família... Isso é coisa que se faça?

Infelizmente, sempre há quem faça as coisas que não se fazem. E era graças a esse fato que meu avô, meu pai e agora eu vivemos da renda que vem da fabricação de objetos para maldição.

Mas eu não digo nada. Apenas continuo ouvindo a história que meu avô já repetiu incontáveis vezes.

A pessoa amaldiçoada deve tocar no objeto. Essa é a chave na hora de lançar uma maldição e também a parte mais difícil. Meu avô mobilizou toda gente, próxima ou distante, para conseguir o contato de uma pessoa que conhecia alguém que trabalhava numa das empresas parceiras da responsável pela morte de seu amigo. Então, pediu que entregasse pessoalmente o abajur de coelho ao dono da concorrente. Meu avô tinha posto um interruptor nas costas do coelho, para que a luz fosse acesa ao acariciar o animal como se faria com um coelho de verdade.

O conhecido do conhecido que trabalhava na empresa parceira fez o que foi pedido e demonstrou, usando luvas, como ligar e desligar o abajur na frente do dono da concorrente. Explicou também que seu chefe tinha trazido aquele presente em uma de suas viagens ao exterior. Enquanto isso, o dono assentia com a cabeça, indiferente e distraído, assinando uns documentos. Depois de atender a um telefonema transferido pela secretária, saiu apressado, dizendo que tinha um encontro com um parlamentar.

O conhecido do conhecido que trabalhava na empresa parceira não teve opção a não ser deixar o abajur na sala do dono da concorrente. Ao sair, implorou à secretária, na antessala, que não deixasse ninguém além do dono tocar no abajur de coelho. Mas, como esse pedido vinha de um mero funcionário de uma empresa parceira, a secretária se mostrou tão indiferente quanto o chefe, concordando com a cabeça, e logo voltou a se concentrar na revista que estava lendo.

Ao saber o que tinha acontecido, meu avô suspirou e resolveu mudar um pouco a maldição.

Estando o coelho maldito na casa ou no escritório do dono da concorrente, ele pensou, seu plano estava longe de ser um fracasso total.

* * *

Depois de ter passado uma tarde inteira abandonado na mesa do dono da empresa, algum funcionário levou o coelho para o depósito antes do fim do expediente. Naquela noite, o coelho começou a roer os papéis que estavam ali: caixas de papelão, jornais amassados que protegiam outros objetos, pilhas de documentos antigos, livros-caixa largados há anos. Durante a noite toda, o coelho roeu o que encontrava pela frente naquele depósito sem ser perturbado.

Na manhã do dia seguinte, quando o zelador abriu a porta do depósito, encontrou restos de papel mastigado e cocô de coelho espalhados por tudo quanto era lado. Começou a limpar o local, resmungando que deviam ser ratos e que estava na hora de botar veneno ali.

O coelho continuou largado no canto do depósito, roendo papéis noite após noite. De vez em quando, o zelador e os funcionários do plantão noturno davam uma passada por ali com uma lanterna na mão, mas ninguém fazia mais do que olhar pela janelinha da porta por um momento enquanto o coelho roía o que via pela frente. Depois de roer tudo que era papel, ele passou a roer madeira.

O zelador viu uma coisa branca no depósito, parecida com uma bola de algodão, que desapareceu quando ele se aproximou; achou que tinha sido simplesmente levada pelo vento. No dia seguinte, aquela bola branca tinha se multiplicado por dois ou três, e depois para cinco ou seis por dia. De longe, viu as bolinhas saltitarem e as achou parecidas com coelhos, mas como era impossível explicar a presença daqueles bichos no depósito de uma fábrica de destilados deu as costas e resolveu não pensar mais no assunto. Ele tinha que abrir o depósito e ajudar a carregar os caminhões que levariam as caixas de bebida para as filiais. Ninguém — nem o zelador, nem os funcionários, nem os motoristas — viu os coelhos brancos com orelhinhas e rabinhos pretos que tinham se escondido entre os engradados.

Não demorou muito para que começassem a encontrar tudo que era papel e madeira roído e montes de cocozinhos redondos espalhados em todos os depósitos, nas filiais e até nos pontos de vendas. Ratoeiras e veneno não adiantaram de nada, nem gatos resolveram o problema. Pelo tamanho e formato dos cocôs espalhados no chão, alguém chegou a comentar que eram grandes demais para serem de ratos e que pareciam mais ser de coelhos. O comentário veio de uma auxiliar de contas que tinha um sobrinho que criava coelhos para um trabalho na escola e tinha chegado a alimentar os animaizinhos algumas vezes. Mas, como ninguém viu coelhos em lugar nenhum, e como a auxiliar de contas era apenas uma funcionária que ajudava a organizar a contabilidade e fazia café enquanto não se casava e deixava a empresa, nem de longe uma especialista em coelhos, seu comentário foi ignorado.

Declarou-se uma verdadeira guerra contra os ratos, e todos os funcionários, tanto da sede quanto das filiais, foram obrigados a participar. Chegaram até a encontrar um número razoável deles, e os depósitos ficaram de fato muito mais limpos às custas do sacrifício dos funcionários. Mas, na manhã seguinte, voltaram a encontrar papéis roídos e o chão cheio de cocozinhos, um pouco maiores que os de ratos, rolando feito grãos de feijão.

Como todos os papéis continuavam sendo roídos, a empresa decidiu levar para os escritórios os documentos importantes, como antigos livros-caixa e plantas da construção e ampliação da fábrica. Mas ninguém percebeu que os coelhos brancos, com as pontas das orelhas e do rabo pretas, invisíveis à luz do dia, foram levados junto com os documentos.

Começaram a surgir pela vizinhança boatos de que a destilaria estava infestada de ratos. Como tantos moradores da região eram funcionários da empresa, fosse da sede ou das filiais, zeladores dos depósitos ou trabalhadores da fábrica, não havia como impedir os rumores.

Em uma das filiais, o responsável pelo depósito foi demitido como uma ameaça e, em outra, todos os trabalhadores foram advertidos para que não espalhassem boatos. O funcionário demitido, que sustentava uma mãe idosa incapacitada, três filhos pequenos e cinco irmãos mais novos, foi pego pelo vigia noturno enquanto tentava tocar fogo no depósito depois de ter pulado o muro com um galão de gasolina. Enquanto isso, na região da filial que tentara manter os empregados calados, o jornal local publicou um editorial de página inteira falando sobre a gravidade dos problemas causados por ratos na higiene dos alimentos.

A questão dos "ratos" nos depósitos tinha se espalhado pela região, impossível de ser controlada. A empresa então resolveu organizar um evento de degustação, já que não era mais possível abafar os boatos ameaçando os empregados. Decidiram convidar todos os funcionários, suas famílias, a vizinhança e, mais importante, as pessoas influentes e poderosas da região para uma ocasião em que as portas da empresa seriam abertas e grandes quantidades de bebida seriam oferecidas para mostrar que não havia problemas relacionados à higiene ou à qualidade de produtos, além de deixar clara a preocupação da empresa para com o desenvolvimento da região.

O evento ocorreu no pátio da sede. O dono compareceu pessoalmente, junto com o filho (que era o vice-presidente) e o neto pequeno. Entediado com os longos discursos da cerimônia, a conversa regada a bebida alcoólica dos adultos e a música alta da banda, o menininho começou a passear sozinho pela fábrica. Quando a nora do dono da empresa percebeu sua ausência, começou a procurar o garoto e o encontrou sentado de cócoras em frente à porta aberta do depósito. Quando questionou o que estava fazendo ali, ele respondeu: "Estou brincando com os coelhos". Ela perguntou onde os coelhos estavam, e o menininho a puxou pela mão para dentro do depósito. Em seguida, apontou para o abajur em formato de coelho no alto de um armário de metal todo empoeirado num canto e implorou para ficar com ele.

A mãe respondeu que teria que perguntar ao avô, porque era uma coisa da empresa, e logo esqueceu o assunto enquanto arrastava o menino pela mão de volta para a festa. Mas ele não esqueceu. O avô, um tanto embriagado, ao ouvir o pedido do neto que queria ficar com algo que estava no depósito, respondeu que claro, sem dar muita atenção, e voltou a beber com os adultos importantes.

* * *

O evento foi um sucesso. Todos os convidados beberam à vontade até altas horas da madrugada. A nora do dono tentou aguentar o máximo que podia, mas voltou para casa mais cedo porque o filho tinha começado a reclamar de cansaço. No carro, o menino trazia em seus braços o abajur de coelho empoeirado.

Após o evento, conseguiram conter os rumores sobre os "ratos". E o abajur de coelho, a origem de todo aquele problema, foi levado do depósito para a casa do filho do dono.

Mas os coelhos do depósito da sede, das filiais e dos pontos de venda não sumiram. Os que tinham sido levados dos depósitos para os escritórios também não. Os coelhos seguiram se proliferando e continuaram roendo vorazmente tudo que viam pela frente.

À noite, dentro de gavetas e gabinetes de metal, todo tipo de documento — pedidos, contratos, relatórios de vendas, papéis da contabilidade — era mastigado, roído e rasgado em pedacinhos minúsculos.

Mesmo depois de guardarem os documentos mais importantes no cofre, cheques, dinheiro em espécie e notas promissórias, tudo isso também começou a se desfazer.

Enquanto a empresa vivia uma verdadeira guerra às pestes, transferindo para o pátio todos os seus pertences e mobília, incluindo as coisas que eram guardadas no cofre, para serem dedetizados por especialistas, o neto do dono fazia suas lições de casa na escrivaninha e, à noite, dormia na cama, sempre ao lado do abajur. O menino gostava muito da luminária com o coelho sentado ao pé de uma árvore, e se vangloriava diante dos amiguinhos dizendo com orgulho que tinha sido um presente trazido do estrangeiro para o seu avô. O menino encostava no coelho várias vezes ao dia, acariciando suas costas para ligar ou desligar a luz.

Na casa do filho do dono, o coelho parou de roer papel. Ele começou a roer outra coisa.

O neto do dono estava no último ano da escola primária. Apesar de ser um tanto miúdo para a idade, era um menino forte e saudável. Segundo a mãe, o único problema era que ele gostava demais de sair para jogar bola com os amigos, deixando os deveres da escola de lado. Tirando isso, era uma criança boazinha e inteligente.

Ninguém deu muita importância quando ele começou a esquecer de levar as lições e o material para a escola. Como era o neto do dono da fábrica de bebidas e sempre tinha sido um bom aluno, a professora, em vez de castigá-lo, tentou conversar com ele. Mas, quando começou a esquecer inclusive que tinha lição de casa e a responder com desrespeito à professora, ela ligou para a mãe do menino.

— Por favor considere que as crianças entram na puberdade cada vez mais cedo, e isso pode causar mudanças no humor — explicou a professora, e a mãe concordou em prestar mais atenção às atitudes do filho.

Quase no fim das férias, o menino começou a ficar obcecado por comida. Insistia que não tinha comido mesmo logo após as refeições, roubava comida da geladeira para esconder no quarto e ficava histérico quando a mãe encontrava e levava de volta para a cozinha. A família achava que aquilo era coisa de criança em fase de crescimento e procurou servir alimentos de melhor qualidade e em maior quantidade, mas nada adiantava: a obsessão por comida, a desconfiança e a histeria do menino não paravam de aumentar.

No primeiro dia de aula depois das férias, o menino se perdeu no caminho de volta para casa. Era o mesmo percurso de todos os dias havia seis anos, uma caminhada de dez, no máximo quinze minutos.

Uma vizinha levou o garoto para casa depois de encontrá-lo sentado no meio da rua, confuso, após longas horas perambulando perdido ao redor da escola. O menino fedia. A vizinha avisou, toda sem jeito, que o menino parecia ter sujado as calças e se afastou com passos apressados, sem esperar a mãe, chocada, voltar a si e agradecer.

Os pais levaram o menino ao médico. A clínica de pediatria do bairro recomendou que ele fosse encaminhado para um hospital maior. Nem no hospital universitário da cidade mais próxima, porém, a família obteve respostas satisfatórias, já que era uma época em que não havia psiquiatria pediátrica nem ressonância magnética. No entanto, ao notar que o garoto urinava sentado na cadeira, balançava o corpo murmurando coisas sem nexo e tinha os olhos desfocados, o médico recomendou que o levassem a um psiquiatra. Derrubando a cadeira, o pai do menino se levantou bruscamente e gritou, com o rosto todo vermelho:

— Você está insinuando que o meu filho está louco?

Soltou as piores injúrias contra o médico, largou a mulher que tentava acalmá-lo e foi embora, levando o filho nos braços. A esposa pediu desculpas com os olhos cheios de lágrimas antes de correr atrás do marido e do filho.

Depois da consulta no hospital universitário, o estado do menino piorou depressa. Ele já não reconhecia mais os pais, fazia xixi e cocô nas calças, não conseguia andar direito e não parava de murmurar coisas sem sentido, embora não conseguisse mais se comunicar. Apesar de passar o dia todo deitado na cama, olhando para o teto com os olhos distantes e resmungando, o menino não largava o abajur de coelho, que agora não ficava mais na escrivaninha, mas ao lado da cama. O menino passava o dia olhando para o teto, virando o rosto com frequência para verificar que a luminária continuava ali, o que parecia acalmá-lo. Quando qualquer outra pessoa tocava no abajur, ele demonstrava inquietação e histeria.

Adormecido, o menino mexia o nariz e a boca igual a um coelho, e, por vezes, as orelhas também, mas nenhum adulto ao redor percebia. Em seus sonhos, se via sentado ao pé de uma árvore, ao lado de um coelho fofo, todo branco, só com as pontas das orelhas e do rabo pretas, muito feliz em roer o próprio cérebro. Quanto mais roía, menor o mundo do menino ia ficando, até que, finalmente, nunca mais conseguiu sair daquele local junto do coelho ao pé da árvore. Àquela altura, o menino já não entendia mais nada, exceto sua alegria por estar ao lado do amiguinho peludo.

Enquanto o neto do dono morria aos poucos deitado naquela cama ao lado do abajur de coelho, o tempo passou, um novo governo assumiu o poder e o mundo mudou. Os poderosos e influentes, os mesmos que ajudaram o dono da empresa a monopolizar o mercado com aquela bebida barata, perderam o poder e os cargos. E, pela primeira vez desde a sua criação, a empresa foi submetida a uma inspeção fiscal.

Àquela altura, os coelhos invisíveis já tinham roído todos os registros financeiros, comerciais e contábeis, além de memorandos e relatórios. Cada declaração de faturamento, cada comprovante de pagamento de impostos estava destroçado, ilegível e irreconhecível.

Agora os coelhos começavam a devorar também os papéis de parede dos escritórios e deixavam marcas de dentes nas portas e paredes. Todos os documentos importantes viraram lixo, e os prédios da sede e algumas filiais começaram a apresentar marcas visíveis. O declínio começava a ficar evidente também aos olhos dos funcionários.

O dono da empresa, porém, se recusava a reconhecer os fatos.

O neto do dono passou um bocado de tempo deitado, com os olhos distantes, fixos no teto, respirando e nada mais.

Certo dia, parou de respirar.

Depois do funeral, o pai se trancou no quarto do menino e chorou por muito tempo. Sentado na cama, chorou, repetindo em voz alta o nome do filho e acariciando o abajur de coelho.

Os fiscais da receita concluíram que a destilaria deveria pagar não apenas os impostos até então evitados de maneira maliciosa mas também os já pagos, além de juros sobre o total. Por mais que a empresa tentasse comprovar os pagamentos já efetuados, não havia nenhum documento apresentável.

Ao saber da notícia de que todos os registros e papéis da empresa haviam desaparecido, os devedores começaram a dizer que não havia nada a pagar e os credores começaram a cobrar a quitação imediata das dívidas. O dono ficou furioso.

Então foi até um cofre secreto onde guardava uma caderneta com a lista de todos os bens e dívidas a pagar e a receber da companhia. Encontrou-a toda rasgada e mastigada, destruída, transformada em uma massa de papel inútil.

A essa altura, o esperado seria o dono tombar com um AVC e nunca mais se recuperar. Mas o coelho maldito não era tão generoso.

Quem desmoronou foi o filho do dono. No momento em que botou o pé direito no chão para descer da cama, onde tinha adormecido depois de chorar por horas chamando pelo falecido filho, quebrou o tornozelo. Ao cair, estendeu o braço esquerdo na tentativa de proteger a cabeça e acabou sofrendo três fraturas expostas e uma fissura no braço.

O filho do dono era um homem forte e ainda não chegara aos quarenta anos. Desde criança, nunca havia se machucado gravemente, muito menos sofrido uma fratura de qualquer tipo.

Enquanto se recuperava da cirurgia que implantou pinos de metal em seu braço, com a perna direita e o braço esquerdo engessados, a empresa seguia despencando em velocidade assustadora. O dono sequer conseguiu visitar o filho no hospital pois, ao mesmo tempo que perseguia os devedores, fugia dos credores. Ansioso, o filho do dono perguntava à mulher sobre a situação da destilaria e, decidindo que não podia ficar ali deitado enquanto a empresa vinha abaixo, resolveu se levantar e fazer o que pudesse para ajudar. No momento em que pôs o pé esquerdo no chão, o tornozelo se quebrou. Ele caiu, batendo a bacia, que também se partiu.

A cirurgia durou nove horas. Quando finalmente terminou, o filho do dono foi levado de volta para a sala de recuperação, onde permaneceu sedado, apenas mexendo a boca e o nariz como um coelho.

O coelho seguiu roendo.

Foi só no dia em que a empresa declarou falência que o dono foi visitar, pela primeira vez, o filho no hospital. Estava dormindo sedado, todo enfaixado feito uma múmia.

A primeira coisa que murmurou ao acordar da anestesia foi que havia um coelho na sua cama. No início, ninguém o levou a sério. O filho do dono dizia que o coelho estava roendo a manta que o cobria. Mais uma vez, ninguém deu ouvidos. Em seguida, gritando que o coelho tinha começado a morder o seu pé, ele tentou se levantar. Assustada, a esposa chamou as enfermeiras, que correram para segurar o paciente. O filho do dono reagiu violentamente, gritando coisas incompreensíveis sobre coelhos. Três mulheres o contiveram: as duas enfermeiras seguraram um braço cada e a esposa o abraçou pelo tronco. Foi assim que ele sofreu uma fratura no braço direito e ficou com duas costelas quebradas.

Sempre que acordava, o filho do dono gritava histericamente sobre coelhos e, quando tentavam acalmá-lo, sempre acabava com mais ossos quebrados. Bastava encostar nele que algo quebrava, até mesmo quando ele batia a mão na cabeceira da cama ou se mexia. O único jeito era mantê-lo sedado até que se recuperasse por completo.

O dono olhou para o rosto do filho adormecido, todo enfaixado e preso naquele pesadelo insano e desesperado. Já tinha perdido o neto tão querido, e o único filho e herdeiro estava assim, inválido. A empresa, arruinada, deixava apenas dívidas. Não sabia se daria conta de pagar os impostos, multas, as dívidas e as contas do hospital. Seria uma tragédia ele ser preso por sonegação. E não havia como tirar o filho do hospital, pois qualquer coisa acabava em uma fratura.

Meu avô para de contar a história e olha para o abajur. O coelho ao pé da árvore é fofo, com a pelagem toda branca e apenas as pontas das orelhas e do rabo pretas. Apesar da rigidez do material, dá a impressão de estar coberto por uma pelagem macia e leve, mexendo as orelhas e a boca.

— E o que aconteceu depois? — pergunto.

É claro que eu sei muito bem o que acontece depois, porque já ouvi dezenas de vezes a mesma história. Mais do que perguntas previsíveis em momentos de pausa também previsíveis, esses incrementos são um acordo tácito entre mim e meu avô.

— Todos morreram — ele responde. — O filho do dono acabou morrendo no hospital, e o dono pulou do alto do prédio da empresa um dia depois do enterro do filho.

Dizendo isso, meu avô acaricia as orelhas e a cabeça do coelho num movimento quase mecânico.

O coelho mexe as pontas pretas das orelhas.

Não se deve produzir ou usar objetos de maldição para fins pessoais. Toda regra tem seus motivos.

Um ditado japonês diz que lançar uma maldição sempre resulta em dois túmulos: quem amaldiçoa outra pessoa também acaba morrendo.

Será que, no caso do meu avô, devo dizer que resulta em três túmulos? O dono da empresa, o filho e o neto, todos mortos. E até hoje ninguém sabe onde está o túmulo do meu avô. Ele saiu um dia qualquer e nunca mais voltou.

Bom, na verdade voltou sim.

Nas noites em que as nuvens cobrem a lua, ou nas noites em que a chuva é tão pesada que obscurece até a luz dos postes, nas noites escuras e silenciosas em que as luzes, naturais ou artificiais, perdem a força, meu avô sempre aparece na poltrona ao lado da janela, acende o abajur de coelho e começa essa mesma história contada e recontada dezenas de vezes.

Será essa a maldição do meu avô?

Ou será uma bênção?

— Já é tarde — ele diz. — Você precisa acordar cedo para a escola amanhã.

Não tenho mais idade para ir à escola. Ninguém nessa casa ainda estuda. Mas sempre respondo gentilmente:

— Sim, vovô. Boa noite.

E, sem conseguir me controlar, lhe dou um beijo na bochecha enrugada.

Já pensei em perguntar onde e como ele morreu, o que aconteceu com o seu corpo e onde foi enterrado. Muitas vezes, aliás. Mas sempre que essa vontade me sobe até a ponta da língua, eu me seguro e engulo.

A partir do momento em que recuperar a memória e se der conta dos fatos, meu avô não virá mais para casa. Ou pior, ele pode ficar perturbado com as minhas perguntas e nunca mais voltar, e ficaremos assim para sempre: ele sem suas lembranças e eu sem minhas respostas. Não conseguiria suportar se isso acontecesse.

Então não digo nada. Em silêncio, venho para o quarto e fecho a porta.

Mas não a fecho completamente. Entrevejo meu avô sentado na poltrona e o abajur de coelho em toda a sua formosura. Isso me acalma.

"Tudo que é usado em maldição deve ser bonito", era o que o meu avô sempre dizia. Os negócios da família nunca renderam tanto como hoje.

Levando minha vida desse jeito, é provável que eu acabe como meu avô: aparecendo nas noites sem lua, na poltrona da sala junto com o objeto, âncora que me prenderá eternamente neste mundo entre a vida e a morte.

Mas, quando eu estiver na poltrona ao lado da janela, não haverá filhos ou netos para ouvir essas histórias.

Em meio a esses pensamentos, fecho a porta do quarto e me vejo sozinho na escuridão total.

É meu único consolo nesse mundo doentio.

A cabeça

Foi num dia em que estava prestes a sair do banheiro depois de dar a descarga.

— Mãe?

Ela olhou para trás. Havia uma cabeça chamando por ela do vaso sanitário.

— Mãe?

Estática, fitou a cabeça por um momento. Deu a descarga. A cabeça desapareceu junto com o barulho da água.

Ela saiu do banheiro.

Alguns dias mais tarde, reencontrou a cabeça no banheiro.

— Mãe!

Como da outra vez, estava prestes a dar a descarga, mas a cabeça gritou, desesperada:

— Não! Só um momento, por favor…

Com a mão ainda erguida a caminho da descarga, olhou fixamente para a cabeça que gritava por ela de dentro da privada.

Mais precisamente, não era bem uma cabeça, mas algo parecido com uma cabeça. Tinha mais ou menos dois terços do tamanho de uma cabeça adulta; poucos fios de cabelo molhados e emaranhados cobriam a parte superior da massa disforme de argila amarelada e esbranquiçada. Não tinha orelhas nem sobrancelhas. Logo abaixo dos cabelos, dois rasgos no lugar dos olhos, tão finos que não tinha como saber se estavam fechados ou não. E, um pouco mais para baixo, uma massa esmagada que dava a impressão de ser o nariz. A boca também era um simples rasgo, sem lábios definidos. Era essa boca que se abria e fechava para falar com ela. Era difícil entender o que dizia porque a voz, além de aguda e estridente, parecia os gorgolejos de uma pessoa se afogando, quase no último fôlego.

— O que você é? — perguntou.

— Eu sou a cabeça — respondeu a cabeça.

— Isso eu vi — voltou a dizer. — Mas por que você está na minha privada? E por que me chama de mãe?

Um tanto desengonçada, a cabeça movimentou a boca sem lábios.

— Eu a chamo assim porque nasci dos cabelos, dos excrementos e do papel higiênico com o qual se limpou e de tudo o mais que a senhora jogou aqui.

— E quem te deu o direito de ocupar a minha privada? — esbravejou. — Você me chama de mãe, mas eu nunca criei nada parecido contigo. Desapareça antes que eu chame alguém para acabar com você.

— O que eu peço é tão pouco — respondeu a cabeça. — Só quero que a senhora continue despejando seus excrementos neste vaso sanitário e assim eu consiga formar o resto do meu corpo. Depois disso, partirei para longe. Peço, então, que não ligue para a minha presença e use o banheiro como sempre.

— Eu vou continuar usando este banheiro como antes porque é meu — respondeu com frieza. — Mas fico arrepiada só de pensar que uma coisa como você se esconde nele. Não quero saber se você vai formar o resto do seu corpo ou não. Não quero voltar a te ver. Nunca mais apareça na minha frente.

A cabeça sumiu dentro da privada.

* * *

Mas aquela cabeça continuou aparecendo. Às vezes, surgia de fininho e ficava vendo a mulher lavar as mãos depois de dar a descarga. Quando ela percebia que estava sendo observada e se virava, acabavam se entreolhando por um momento. Trocava olhares com aqueles rasgos que não permitiam distinguir se estavam abertos ou não. Aparentemente, o rosto esmagado se esforçava para imitar expressões faciais, mas era impossível reconhecê-las. Quando a mulher se aproximava para dar a descarga, a cabeça sumia para dentro do vaso sanitário às pressas. Então fechava a tampa com força, dava a descarga e só saía do banheiro depois de ter a certeza de que aquilo não estava mais ali.

Um dia, como de costume, lavava as mãos depois de usar o banheiro. E, como sempre, a cabeça apareceu por trás dela. Pelo espelho, olhou para a cabeça por um tempo. A cabeça também olhava para ela. A cor daquela massa esmagada com os poucos fios de cabelo estava estranhamente mais avermelhada, percebeu, comparada ao amarelo meio esbranquiçado de sempre.

A mulher se deu conta de que estava menstruada.

— O fato de você ter mudado de cor tem a ver com o meu estado físico? — perguntou.

— O seu estado físico tem consequências diretas na minha aparência — respondeu a cabeça. — Eu dependo inteiramente da senhora, mãe.

Ela despiu a roupa de baixo, arrancou o absorvente e, virando o lado ensanguentado para baixo, empurrou a cabeça com força para dentro do vaso. E deu a descarga.

O redemoinho da descarga levou a cabeça e o absorvente para dentro do buraco negro no fundo do vaso. Lavou as mãos.

E vomitou ali mesmo na pia. Depois de passar muito tempo vomitando, limpou o lavatório e saiu do banheiro.

O vaso sanitário entupiu. O encanador só foi embora depois de lhe dar um longo sermão, segurando o absorvente no alto feito um troféu, sobre não jogar esse tipo de coisa na privada.

Começou a manter o vaso sempre tampado e a ter o costume de verificar a parte de dentro o tempo todo enquanto fazia suas necessidades. Passou a ter prisão de ventre.

Um dia, quando estava prestes a fechar a tampa do vaso, viu a cabeça se aproximar depressa. Então fechou a tampa com força, num movimento brusco. Deu a descarga. De novo e de novo, várias vezes. Antes de sair do banheiro, abriu o vaso com cuidado. Seus olhos encontraram-se com os da cabeça, que a encarava de dentro da água. Havia fios de cabelo ao redor. Voltou a fechar a tampa. Pressionou a alavanca, mas nada de a água descer.

Ela contou à família o que estava acontecendo.

— Não se preocupe, não é nada que se reproduza ou morda. Deixe para lá.

E ninguém deu mais atenção ao assunto.

Ela fez de tudo para evitar usar o banheiro de casa.

Um dia, encontrou a cabeça no banheiro do trabalho. Estava lavando as mãos quando a viu fitando seus olhos pelo espelho. Pediu demissão no dia seguinte.

A prisão de ventre foi se agravando. Passou a ter cistite também. O médico disse para não segurar quando a vontade viesse. Mas era impossível porque, aonde quer que ela fosse, havia algo esperando para se alimentar de seus excrementos.

A cistite e a prisão de ventre pioravam.

A família sugeriu que ela se casasse, já que não trabalhava mais. Foi então conhecer o homem que sua mãe lhe apresentara como pretendente. Era um sujeito comum que trabalhava em uma empresa de comércio internacional, cujo sonho era se casar com uma mulher que fosse boa para ele, ter filhos e ser feliz para sempre. Parecia ser um homem simples, trabalhador e disciplinado, com as coisas nos devidos lugares. Ela passou todo o primeiro encontro aflita por causa da questão do banheiro. Vendo-a desse jeito, o homem se declarou, dizendo que a mulher dos seus sonhos era tímida, ingênua e delicada como ela e que, nos dias de hoje, era difícil encontrar alguém assim. Ele ficou tão impressionado que em três meses estavam noivos e, três meses depois do noivado, se casaram.

Depois da cerimônia, a preocupação dela tinha sido a viagem de lua de mel, durante a qual tivera a felicidade de não se deparar com a cabeça. Na casa nova, a primeira coisa que verificou foi o vaso sanitário. Não encontrou nada. A cistite e a prisão de ventre melhoraram bastante depois da mudança. Levando uma vida estável e simples, sem grandes alegrias nem grandes tragédias, ela começou a achar que era até feliz. Em meio à adaptação à vida de casada, ela parou, pouco a pouco, de pensar na cabeça. Passado algum tempo, teve uma filha. A cabeça foi esquecida de vez.

Foi depois da chegada da bebê que a cabeça reapareceu. A mulher estava dando banho na criança.

— Mãe.

Quase deixou a bebê cair.

A cabeça estava um pouco maior, quase do tamanho da cabeça de um adulto. Continuava com a mesma aparência de massa de argila esbranquiçada e deformada, porém os olhos estavam um pouco maiores, a ponto de piscarem, e algo parecido com lábios. Havia bolotas de massa coladas no lugar das orelhas e um esboço de pescoço por baixo do queixo ainda em formação.

— Esse bebê é seu, mãe?

— Como você ousa voltar? — perguntou a mulher, assustada. — Quem te trouxe para cá?

— Onde quer que a senhora esteja, eu sempre a encontrarei, pois seus excrementos são parte de mim — respondeu a cabeça.

Aquela resposta a deixou muito incomodada.

— Eu não disse para nunca mais aparecer na minha frente? — esbravejou. — Por que está aqui, me chamando de mãe? Não é da sua conta se o bebê é meu ou não. Mas, sim, essa é a minha filha. É o único ser no mundo com o direito de me chamar de mãe. Agora, desapareça. E para sempre.

A bebê começou a chorar.

— Embora tenhamos nascido de maneiras diferentes, eu também sou cria sua, mãe — disse a cabeça.

— Já não falei que nunca criei nada igual a você? Eu mandei você desaparecer. Senão, vou fazer de tudo para acabar com você!

Fechou a tampa do vaso sanitário e deu a descarga. Depois correu para acalmar a menina e terminar o banho.

Após essa reaparição, a cabeça voltou com muito mais frequência. A mulher sentia seus olhos pelas costas toda vez que lavava as mãos depois da descarga. Sempre que olhava de lado, avistava aquela coisa amarelada e esbranquiçada, mas bastava se virar para que desaparecesse num piscar de olhos. Quando isso acontecia, encontrava alguns fios de cabelo flutuando na água da privada.

A prisão de ventre e a cistite voltaram. A mulher estava preocupada com a filha mais do que tudo. Estaria a cabeça com ciúmes da bebê? E se fizesse algum mal à menina? Não, só de imaginar que algum dia a criança poderia ver a cabeça, ficava completamente agoniada. Todas as vezes que a filha pedia para ir ao banheiro, se sentia inquieta.

Decidiu acabar de vez com aquilo.

Foi ao banheiro. Fez as necessidades e deu a descarga. Esperou a cabeça aparecer enquanto lavava as mãos. No momento em que aquela coisa amarelada e esbranquiçada emergiu do vaso sanitário, a mulher disse, quase murmurando:

— Eu tenho uma coisa para te falar.

Depois de terminar de lavar as mãos, abaixou-se de cócoras em frente à privada, encarando a cabeça nos olhos.

— Você...

Hesitou por um momento. A cabeça ficou esperando.

De repente, a mulher esticou as mãos e agarrou a cabeça com toda a força. Arrancou-a do vaso e enfiou em um saco plástico, que jogou na lata de lixo. E, aliviada, voltou à rotina.

Mas a paz não durou muito. Ela estava no banheiro com a filha, que começava a aprender a usar o banheiro sozinha. A pequena tirava a roupa de baixo, sentava no vaso sanitário, fazia suas necessidades, se limpava, voltava a se vestir, dava a descarga e lavava as mãos; tudo sozinha, sem ajuda. A única coisa que a mãe precisava fazer era erguer a menina até a pia na última etapa, porque ainda não alcançava a torneira. Foi nessa hora que aquela coisa amarelada e esbranquiçada apareceu dentro da privada.

— Mãe.

A mulher virou-se e olhou para a cabeça. Sem dizer nada, ajudou a filha a terminar de enxaguar o sabonete das mãos e a secá-las, então fez a menina sair primeiro.

— Mãe.

— O que aconteceu? Como você voltou?

A cabeça levantou o canto da boca.

— Pedi para um gari me jogar no vaso.

A mulher deu a descarga sem dizer nada. A cabeça foi levada por um redemoinho e desapareceu pelo buraco escuro da privada.

A filha, que esperava pela mãe do lado de fora, estava curiosa para saber o que era aquilo.

— É a cabeça. Se ela aparecer de novo, dê a descarga — explicou a mãe.

A cabeça tivera a audácia de aparecer na presença da filha e ainda por cima de chamá-la de mãe. Dessa vez, a mulher decidiu acabar com aquela coisa para sempre.

Não foi difícil arrancar a cabeça da privada. Só que, antes de atirar o saco plástico com aquela coisa no lixo de novo, ela pensou melhor. Aquilo falava. Podia muito bem pedir ajuda como da outra vez. Era preciso fazê-la se calar antes de jogar fora.

Então pôs a cabeça num pote e deixou num canto bem ensolarado da varanda. Sem água nem excrementos, achou que secaria até morrer. Não havia outro jeito. Mesmo que houvesse, não queria saber nem tentar.

Avisou para que nem o marido nem a filha tocassem no pote. Ele nunca ia à varanda, mas a menina, extremamente curiosa, era um problema, porque queria de todo jeito olhar, tocar e falar com aquilo. A mulher então deu-lhe uma bronca das grandes e escondeu o pote com a cabeça num canto.

O marido tirou férias do trabalho e os três viajaram em família. Quando voltaram, a mulher foi ao banheiro. Enquanto lavava as mãos, sentiu algo surgir às suas costas. Virou-se. Em seguida, fechou a tampa da privada com força e deu a descarga.

Perguntou à filha.

— Foi você, não foi? Eu não disse para não tocar naquilo?

A menina começou a chorar. O marido chegou para acalmar as duas e explicou:

— Aquela coisa que estava dentro do pote? Eu joguei na privada porque ela pediu. Algum problema com isso?

Ela explicou tudo com detalhes.

— Ah, não é nada de mais. Deixe. Aquilo não vai sair andando pela casa de noite ou botar ovos por aí.

O marido estava tranquilo.

Um dia, sonhou. Era um cômodo espaçoso, todo revestido de azulejos brancos. A cabeça surgiu de repente às suas costas. Virou-se, assustada. Outra surgiu do outro lado. Cabeças brotaram por todo canto. Feliz da vida, a filha apontava para cada uma delas.

— Cabeça! Cabeça!

Pediu ajuda ao marido, que estava lendo o jornal. Ele respondeu com desdém:

— Ah, deixe para lá. Não é nada de mais.

A resposta reverberou pelas paredes e ecoou, formando um coro. *Deixe. Não é nada de mais. Deixe para lá, não é nada de mais.*

A alavanca da descarga estava próxima ao teto. Com muito custo, a mulher conseguiu alcançá-la e apertar. O redemoinho levou o marido, a filha e a cabeça. Ela também foi levada para o buraco escuro da privada junto com a filha, ainda exultante, e o marido, lendo o jornal sem dar a menor atenção.

Debateu-se para escapar do redemoinho, abraçando a filha. Nesse momento, ouviu uma voz familiar.

— Mãe?

Olhou para a menina. Aquela cabeça, enorme, estava sobre o corpinho e o pescoço franzino da sua filha.

Acordou assustada. Foi até o banheiro. Sentada no chão em frente ao vaso sanitário, ficou olhando, absorta, para aquele objeto alvo e imaculado, para a água límpida que acobertava a presença daquele buraco negro ao fundo, imaginando a criatura escondida lá dentro e onde o buraco terminaria.

A cabeça não voltou mais depois da tentativa de deixá-la secar até morrer. Com o tempo, a mulher passou a não ter mais pesadelos, imersa no seu cotidiano pacato e usual de cuidar da casa, lavar, cozinhar para a família e fazer compras. Pouco a pouco, nem mais rápido nem mais devagar que os outros, o marido subiu de cargo no trabalho. Não era especialmente afetuoso ou apegado à família, mas sempre trazia um bolo e cantava parabéns no aniversário da esposa ou da filha. A menina também cresceu e, como todas as crianças, passou pela escola fundamental e chegou ao ensino médio. Não era excelente aluna, mas também não era a pior. Bonitinha, mas não a ponto de saltar aos olhos. Uma menina como todas as outras da sua idade: tinha dificuldade para acordar de manhã, gostava de celebridades e não tinha problemas maiores do que espinhas no rosto.

— Venha tomar café ou vai se atrasar.

— Mãe, você viu a gravata do meu uniforme?

— Deixei pendurada na maçaneta do seu quarto. Coma devagar. Vai te fazer mal.

— Tá, mãe. Ah, sabe que eu vi uma cabeça na privada ontem?

— Ah, é? E o que você fez?

— Dei a descarga e ela sumiu.

— Fez bem. Quer mais sopa?

— Não, obrigada. Mas, sabe, eu já vi aquela cabeça várias vezes. Será que não tem como fazer ela desaparecer de vez? Que troço horroroso.

— Não ligue. É só dar a descarga. Acabou de comer?

— Acabei. Vou indo, então.

— Está levando o almoço?

— Sim, mãe. Tchau.

A porta se fechou.

Não ligue.

Não é nada de mais.

A mulher começou a tirar a mesa.

A menina terminou o ensino médio e foi para a faculdade. A mulher descobriu rugas e a pele flácida e áspera em lugares até então firmes e macios. Seu batom agora ficava melhor na menina que já tinha jeito de mulher. Ao olhar para aquele rosto familiar, porém alheio, a mãe sentia orgulho, amor e ciúmes, tudo ao mesmo tempo. No dia em que chegou em casa com os longos cabelos alisados e pintados de roxo, a mãe encarou no espelho uma mulher com cabelos em um permanente de velha e tingidos de preto.

Passou a ficar mais tempo sozinha em casa. A família quase não se encontrava, pois o marido, que agora ocupava uma posição de executivo, andava cheio de trabalho e a menina, também ocupada com as suas coisas, passava mais tempo na rua do que em casa. Havia poucos e raros dias em que o marido voltava cedo, mas era impossível passarem um momento romântico a sós porque não compartilhavam nem memórias de um namoro tomado de amor nem tinham mais disposição. Sua vida era maçante. Jantavam em silêncio, viam televisão juntos e o marido ia dormir primeiro.

Num desses dias, ela ficou sozinha na sala, assistindo TV. Aliás, era o que acontecia sempre, fosse nos dias em que a filha ou o marido voltavam tarde, fosse nos dias em que toda a família, menos ela, já tinha ido se deitar: a mulher continuava em frente à TV até o momento em que o hino nacional começava a tocar, anunciando o fim da programação. Mais do que não ter nada melhor para fazer, aquilo era uma tentativa de tapar, nem que fosse um pouco, o vão que tinha tomado um canto do seu coração. Aquele vão — às vezes vazio, outras repleto, e em certos momentos sinistro, ardendo e comichando —, ao menor sinal de esquecimento, se espichava e tomava conta dela. Era por isso que ela ficava na frente da TV, concentrada nos movimentos da tela. Esvaziava a mente e o coração olhando para aqueles programas sem sentido. Mas a fonte dos sentimentos era tão profunda que, por mais que fosse esvaziada, jorrava infinitamente...

Numa noite, a mulher foi ao banheiro.

Como sempre, tinha ficado sozinha até tarde, vendo TV. Depois de fazer as necessidades, fechou a tampa do vaso sanitário e deu a descarga como de costume. Enquanto lavava as mãos, olhou para seu rosto refletido no espelho. Viu pálpebras flácidas e caídas e a pele enrugada e ressecada. A raiz dos cabelos estava branca, precisando ser tingida novamente. Enquanto se penteava com os dedos, pensando que estava na hora de pintar o cabelo, viu a tampa do vaso se levantar pelo reflexo.

Tum.

Dedos molhados empurraram a tampa até abri-la. Apareceu outra mão. As duas mãos seguraram a borda do vaso.

Ainda pelo espelho, a mulher viu uma cabeça — coberta de volumosos cabelos pretos e molhados — se erguer do vaso.

Os longos dedos das delicadas mãos se abriram para segurar com força a borda e vigorosamente tirar o corpo da água. A primeira parte a aparecer foram os ombros de ossatura delicada de onde se estendiam braços esguios. Em seguida, costas lisas, cobertas de longos cabelos, seguidas de quadris pálidos e encorpados que se avultavam da fina cintura de curvas sedutoras e, por fim, a coxa firme, cuja musculatura fluía até o joelho. Após o alçar da coxa, um pé se firmou na borda do vaso. A perna era branca, longa, magra e lisa. Veio a panturrilha, de desenho preciso, mostrando com nitidez o contorno dos músculos, e depois o tornozelo delicado. A outra perna saiu do vaso e o pequeno pé, de dedos alongados, pisou no chão. O corpo nu e encharcado refletia a luz suave da lâmpada incandescente do banheiro.

A mulher continuou com os olhos fixos no espelho. A pessoa que acabava de sair do vaso sanitário virou-se lentamente em sua direção. Ela viu dois reflexos no espelho: seu rosto de quando era jovem e o atual, envelhecido. A versão jovem sorriu para a velha. Dessa vez, foi ela quem se virou lentamente em direção a sua versão rejuvenescida.

A cabeça, que não era mais apenas uma cabeça, continuava imóvel atrás dela, deixando escapar um sorriso no rosto que tinha sido seu no passado.

— Mãe?

Ainda era uma voz aguda, mas já não tinha aquele aspecto incômodo de uma pessoa morrendo afogada.

— A senhora não está me reconhecendo, mãe?

— Ah...

Conseguiu soltar apenas um gemido.

— Como a senhora tem passado?

A mulher ficou em silêncio.

— Finalmente consegui formar meu corpo por completo. Como prometi, agora quero viver por conta própria. É por isso que estou aqui. Vim me despedir da senhora e pedir um último favor.

A palavra martelou seu ouvido. *Favor.*

— Não se preocupe. — A cabeça voltou a sorrir, como se buscando acalmá-la. — É que não posso sair nua desse jeito. Tudo que a senhora me forneceu foi suficiente apenas para formar meu corpo, então não consegui fazer nada para me cobrir. Por isso peço esse último favor. Se me der roupas, me cobrirei e desaparecerei.

Estava prestes a sair do banheiro, pensando em ir até o guarda-roupa do quarto, quando a cabeça a interpelou:

— Não quero dar trabalho, não preciso de nada de mais — disse. — As roupas que a senhora está vestindo agora serão mais do que suficientes.

— O que você quer dizer com isso? Está querendo que eu tire as roupas neste banheiro gelado? Por você? Não acha que está querendo demais? Pegue o que eu te der e desapareça!

— Por favor, se acalme, mãe. — A cabeça olhava para ela com a mesma expressão de súplica de quando era jovem. — Até este momento eu nunca tive nada além do que era rejeitado. É o primeiro e último favor que peço à senhora. Se me der as roupas que veste, guardarei seu calor e cheiro e serei grata até o fim da minha vida.

Olhou para o rosto da sua juventude. Para o corpo da sua juventude. Observou aquele ser, criado não pelo útero e pelo cordão umbilical, mas dos seus intestinos e excrementos. Olhou para aquele ser que a atormentara por tanto tempo se escondendo naquele buraco negro no vaso sanitário e que agora dizia estar pronto para partir. Se aquele fosse o momento de despedida definitivo, o que importava entregar-lhe as roupas do corpo?

Enquanto a versão jovem se enxugava com uma toalha, a versão envelhecida se despia. As roupas não eram nada de especial: cardigã, vestido, sutiã, calcinha e meias. Despida, olhou a versão jovem se vestir devagar, pegando as roupas uma por uma. Calcinha, sutiã, vestido, cardigã: a jovem vestia peça a peça, apreciando-as. Por fim, calçou as meias e fechou os botões do cardigã. A velha sentiu frio no corpo nu.

— Agora que terminou, vá embora. Estou com frio. Preciso me vestir.

Ela se virou para sair do banheiro.

A versão jovem bloqueou seu caminho.

— Aonde você acha que vai? — falou a jovem e apontou para o vaso sanitário. — O seu lugar é aqui, e não lá fora.

— Do que você está falando? — retrucou a velha. — Não te dei as roupas que pediu? Agora que já tem o que queria, desapareça. Está querendo que eu entre na privada? Você deve estar louca. Desapareça já da minha frente!

A versão jovem retorceu o rosto com um sorriso de desprezo.

— Sim, agora que você me deu tudo que eu pedi, não tem mais nada além desse corpo velho e disforme. Eu aturei o suficiente lá dentro e você aproveitou demais até agora. Chegou a sua vez de se enfiar nessa privada. Eu vou tomar o seu lugar e desfrutar de tudo o que você teve até agora.

— Como pode ser tão ingrata? — retrucou a velha, furiosa. — E o que foi que eu aproveitei, hein? Não vivi mais do que os outros e mesmo a pequena felicidade que tive foi toda destruída por sua causa, que não parou de me perseguir! Suportei até agora todo o repúdio e o nojo que sentia por você só pelo fato de ter vindo de mim. Agora que terminou de formar o seu corpo, não faz mais do que a obrigação em desaparecer daqui, levando a culpa por ter me perseguido todo esse tempo e a gratidão por eu ter te criado. Desapareça da minha frente e de uma vez por todas!

A jovem já não sorria. De olhos arregalados e dentes trincados, com uma voz calma, porém contida, disse claramente, como se cuspisse palavra por palavra:

— Gratidão? Está querendo que eu seja grata? Alguma vez eu pedi para nascer? Você alguma vez cuidou de mim ou me disse uma palavra de carinho, apesar de eu ser cria sua e de mais ninguém? Embora eu não quisesse, você me pôs neste mundo e não fez nada além de sentir ódio e repulsa, de tentar se livrar de mim o tempo todo. Nunca me deu nada a não ser excrementos e descartes. Tive que aturar infinitas humilhações e perseguições para conseguir formar este corpo digno. E agora finalmente consegui. Este é o momento que mais esperei dentro daquele buraco escuro. Agora que me tornei você, está na hora de tomar o seu lugar e viver a sua vida.

A jovem se aproximou da velha. As mãos fortes agarraram o ombro e o pescoço. Enfiaram a cabeça no vaso sanitário. Num piscar de olhos, puxaram os tornozelos para cima. Depois de ter mergulhado o corpo da velha no vaso sem dificuldade, a jovem fechou a tampa do vaso e deu a descarga.

Dedos gélidos

Ela abriu os olhos.

Está escuro. Tudo muito escuro, como se alguém tivesse vedado seus olhos com um pano preto. Não há um feixe de luz sequer.

Será que estou cega?

Move a mão em frente aos olhos. Tem a sensação de ver algo esbranquiçado se mexer. Mas não dá para distinguir exatamente o que é.

Desiste após algumas tentativas. A escuridão é pesada demais.

Que horas são para tanta escuridão? Onde será que estou para tudo estar escuro desse jeito?

Estica as mãos, tateando. Algo redondo. Duro.

Volante.

Tateia a parte de trás do volante com a mão direita. Ignição. Gira a chave que está no contato. Nada. O carro não dá ignição.

Percorre o lado esquerdo com a mão esquerda. Ao sentir uma espécie de bastão, puxa para baixo. A expectativa é que a seta da esquerda comece a piscar. Mas nada. Dessa vez empurra para cima. Nenhuma luz. Tateia e gira a ponta da alavanca para acender o farol dianteiro. Como esperado, nenhuma luz.

O que será que aconteceu?

Tenta lembrar. Mas, como a vista, a memória também está submersa nas trevas.

— ... p...ssora.

Ouve uma voz de mulher bem fininha. Levanta a cabeça.

— ... professora.

A voz volta a chamá-la. Tenta virar a cabeça para o lado de onde vem a voz. Mas é tão fina que não consegue entender de onde vem.

— Professora Lee.

— Sim?

Responde. Mas não sabe de onde vem a voz, nem de quem é. Ou melhor, nem sabe se aquela voz está mesmo chamando por ela. Mas só pelo fato de estar ouvindo uma voz humana, responde animada.

— Tem alguém aí? Quem é? Eu estou aqui!

— Você está bem, professora Lee?

A voz vem do lado esquerdo.

— Está machucada, professora?

— Não...

Tenta mexer as pernas e os braços. Não sente dores.

A voz fina continua do lado esquerdo.

— Então saia do carro. Rápido.

— Por quê? Tem alguma coisa errada comigo? Que lugar é esse?

— É que estamos num pântano e o carro está afundando aos poucos — responde a voz fininha, tranquila. — É melhor se apressar.

Ela tenta se levantar. O cinto de segurança esmaga seu tórax. Então pega o cinto na altura do peito e desce a mão até perto da cintura. Aperta o botão para desfivelar. Vira para a esquerda e começa a procurar pelo puxador para abrir a porta. Sente a janela. Continua tateando mais para baixo.

— Depressa, professora Lee — a voz fininha começa a apressá-la.

Sente o puxador na mão esquerda. Puxa. A porta não se mexe. Tenta empurrar.

— Professora Lee, rápido!

— A porta não quer abrir.

Ela entra em pânico. A voz dá ordens.

— Está trancada por dentro. Destrave.

Volta a tatear ao redor do puxador. Encontra vários botões. Vai apertando um por um. Na terceira tentativa, ouve um estalo vindo da porta. Fica extremamente feliz com esse som que parece ser o da salvação.

Puxa a alavanca outra vez. Sente a porta abrir, porém percebe algo impedir que continue.

— A porta não quer abrir — diz, empurrando com o ombro.

— É que está atolada na lama. Deixe-me ajudar — diz a voz fininha, bem de perto. Sente dedos tocarem a sua mão que tenta abrir a porta por dentro. Consegue abrir um pouco mais.

— Saia daí. Depressa — diz a voz fininha.

No momento em que põe a perna esquerda para fora do carro seguindo as ordens da voz, se lembra de algo.

— Só um minutinho...

Agacha e começa a tatear a parte de baixo do volante. Dois objetos duros e planos. O comprido da direita é o acelerador, e o maior e mais plano o freio. Estica a mão direita para alcançar além dos pedais. Sente o tapete do carro cheio de areia e terra. Mas não encontra o que procura.

— O que está fazendo? Saia logo daí! — diz a voz fininha, aflita.

— Só um pouquinho...

Estica ainda mais a mão para baixo do banco do motorista. Uma fina e longa barra de metal. Provavelmente a alavanca para ajustar o banco. Tateia o chão. Não encontra nada além do tapete, areia, terra e poeira.

Sente a perna esquerda, que está do lado de fora do carro, subir aos poucos. Nesse movimento, a porta vai se fechando, pressionando a canela. A voz começa a gritar.

— Depressa, professora Lee! Não sei o que está procurando, mas deixe e saia já daí!

— Mas... — hesita.

— Está procurando o quê? — pergunta a voz fininha.

— É uma coisa muito importante... — responde sem explicar muito.

Põe a mão esquerda sobre a direita. Não encontra nada no dedo anelar. Tateia ao redor do banco do motorista e estende a mão para o banco do passageiro.

— E o que é essa coisa importante? — volta a perguntar a voz fininha.

Segurando a parte de fora do carro com a mão esquerda, faz força para alcançar debaixo do banco do passageiro com o braço direito.

— É um anel...

Em vez do banco do passageiro, alcança a alavanca de câmbio e o freio de mão. Estica um pouco mais o braço. Nada no banco do passageiro. Não consegue alcançar o chão do outro lado, talvez por causa da posição inusitada.

Os mesmos dedos voltam a tocar sua mão esquerda.

— É isso que está procurando?

Sente um pequeno objeto arredondado e rígido tocar sua mão. Os dedos, não se sabe de quem, põem o objeto no dedo anelar da sua mão esquerda.

Endireita-se e sente a mão esquerda com a direita. Não consegue ver, mas tem a sensação de familiaridade ao sentir a textura polida e a espessura, um tanto incômoda, pressionar os dedos ao lado.

— É isso? — pergunta a voz fininha.

— É... Mas como...

— Achou o que estava procurando, não é? Então saia logo daí. É perigoso — a voz fininha apressa outra vez.

Com a mão direita, empurra a porta que ameaça fechar. Consegue pôr a metade esquerda do corpo para fora do carro.

— Cuidado que o chão está pegajoso — avisa a voz fininha.

Sente o pé esquerdo afundar na lama. Procura sair com cuidado, segurando a porta do carro com a mão esquerda e a carroceria com a direita.

Os pés afundam a cada passo. É difícil manter o equilíbrio. No momento em que vacila, os dedos seguram sua mão esquerda.

— Cuidado. Um pé de cada vez. Devagar. Isso.

Passo a passo, ela se afasta do carro, seguindo as instruções da voz.

Para de repente.

— O que foi? — pergunta a voz.

— Você não ouviu? Veio de lá...

— O quê? — a voz pergunta outra vez.

Presta mais atenção.

— Achei... acho que ouvi alguém...

A voz também tenta ouvir.

— Deve ter sido engano — volta a dizer a voz fininha. — Não tem ninguém aqui. Só nós duas.

Procura ouvir de novo o que achava ter ouvido.

Não é um som claro. Parece vir de longe, mas também logo ao lado. Parece voz de gente e, ao mesmo tempo, ruído de vento...

O som vai diminuindo até desaparecer.

— Tive certeza de que tinha alguém...

— Não tem ninguém além da gente — diz a voz fininha, firme.

— Pode ser algum bicho.

Os dedos seguram sua mão esquerda com mais força.

— Rápido... É melhor sairmos daqui — diz, amedrontada, a voz.

Aqueles dedos, que apertam sua mão esquerda, transmitem um sentimento de pavor que a atravessa até alcançar seu coração.

Começa a andar em silêncio.

De vez em quando, titubeia por causa dos pés que atolam no lamaçal. Nesses momentos, os dedos, que agarram sua mão esquerda a ponto de doer, a apoiam e ajudam a se reequilibrar.

Ela não sabe para onde está indo e continua sem saber onde está. A voz fininha parece sentir a mesma aflição, mas aqueles dedos que seguram firme sua mão esquerda lhe passam uma segurança. Por isso, confiando na voz e nos dedos, ela continua avançando sem saber para onde, passo a passo, naquele terreno pegajoso, envolto em uma densa escuridão.

— Pronto — diz a voz, parecendo aliviada.

— Chegamos em terra firme.

Põe primeiro o pé esquerdo e, em seguida, o direito sobre chão duro.

— Ficou bem mais fácil andar — diz a voz, alegre.

— Acha que podemos descansar um pouco? — sugere. Andar em um terreno pantanoso sem saber para onde ia e por quanto tempo tinha que enfrentar a situação cansou não só o físico, mas também a mente.

Senta-se ali mesmo. A dona da voz fininha senta ao lado dela. Não dá para ver, mas sente.

— O anel. Deve ser muito importante para você, não? — pergunta a voz de maneira discreta.

Ela acaricia o objeto redondo, firme e polido no dedo anelar da mão esquerda.

— Ah, sim...

— É assim... muito importante? — volta a perguntar a voz fininha, no mesmo tom.

— É que... — ela continua mexendo no dedo anelar.

Memórias de mãos grandes e tenras que seguravam as suas; rostos familiares e aprazíveis. Momentos... talvez alegres e felizes. Era... parecia importante e precioso... Pelo menos, era o que achava.

Mas quanto mais ela tenta se lembrar, mais a memória se torna incerta, a ponto de desaparecer deixando apenas algum calor, como raios de sol no crepúsculo. Desde o momento em que abriu os olhos, sente que não há nada além da escuridão no lugar da memória. Escuridão igual à que envolve todo o lugar.

— Me desculpe, não queria ser intrometida... — a voz fininha se desculpou, vendo que ela permanecia em silêncio.

— Não, não se preocupe... — disse, se sentindo confusa. — É que... não lembro bem... Parece que a minha cabeça está afundada em trevas...

— Nossa, deve ter machucado — disse a voz fininha, preocupada.

— Mas... não sinto nenhuma dor...

— Deixe-me ver.

Sentiu dedos tatearem sua testa e a cabeça. A voz fininha perguntou:

— Está doendo?

— Não.

Os dedos passaram pelas têmporas.

— E aqui?

— Também não...

— E agora?... — suspirou a voz. — É melhor sairmos daqui o quanto antes e dar um jeito de encontrar um médico.

Ela também tateou a cabeça e o rosto. Não encontrou feridas, nem sangue. Sentia apenas uma densa escuridão ocupar toda a cabeça.

— Escute... — finalmente perguntou depois de um bom tempo verificando a cabeça e o rosto. — Que lugar é esse? Como é que nós... viemos parar aqui? O que aconteceu?

— Nossa, você não lembra? — perguntou a voz, surpresa.

Ela respondeu abatida.

— Não, não lembro de nada...

— A gente tinha ido conhecer a casa nova da professora Choi, que acabou de se casar. O acidente foi na volta... Não lembra?

— Não...

Não se lembrava de nada. Revirou a memória. Até parecia mentira, mas não havia nada além de escuridão.

— Professora... — perguntou a voz fininha com apreensão. — Você lembra de mim?

Ela hesitou. Sentiu vontade de chorar.

— Não...

— Meu deus, e agora? — A voz ficou cada vez mais fraca — Eu sou a Kim... Professora da turma 2 do sexto ano. Da sala ao lado da sua... Não lembra?

— Não, não lembro...

Ela imaginou que a palavra "professora" se referia à de escola fundamental.

— A professora Choi, que era do quinto até o ano passado — continuou a voz fininha, aflita. — Ela pediu demissão depois do casamento... Porque o marido ia trabalhar em

outra cidade. A gente tinha ido conhecer a casa nova deles...
Não lembra mesmo?

— Não...

— E agora?...

Os dedos voltam a tatear sua mão esquerda. E então a
seguram com força.

— Vamos, levante-se.

— O quê?

Ela se levantou sem conseguir pensar por si.

— Professora Lee, acho que você está pior do que ima-
ginamos — disse a voz fininha com determinação. — Não
podemos continuar aqui. É melhor procurarmos um médico.

— Sim...

— Está muito cansada?

— Hã? Ah, não...

— Então vamos.

Os dedos puxam de leve a mão esquerda. Ela volta a andar
guiada por eles.

— E o acidente? — perguntou enquanto caminhavam.
— Como foi que aconteceu?

— Eu também não sei direito... — suspirou a voz. —
Você estava no volante porque eu tinha bebido demais...

— Ah...

Tomada por um sentimento de culpa, ela não conseguiu
falar por um momento. Um pouco depois, tornou a perguntar.

— Então o carro é seu, professora Kim?

A voz não respondeu.

Por constrangimento e sentimento de culpa, não fez mais
perguntas.

— Você... por acaso sabe onde estamos? — só falou depois
de caminhar em silêncio por um bom tempo.

— Não exatamente... — respondeu a voz, com frieza.

— E onde é a casa da professora Choi? — quis saber. — É perto daqui?

— Eu também não sei direito... Caí no sono assim que partimos... — respondeu a voz, desconversando.

Ela pensou um pouco mais e perguntou.

— Por acaso você está com o seu celular?

— Celular? — a voz demorou a responder. — Não. E você, professora Lee? Está com o seu aí? — devolveu a pergunta.

— Não...

— Não encontrou enquanto procurava pelo anel? — insistiu a voz.

— Não tinha nada no banco da frente... — respondeu sentindo um tom de cobrança. — Você viu se estava no banco de trás?

— Não, estava muito escuro. Pode ser que tenha sido atirado para fora do carro... — respondeu a voz de maneira pouco firme.

Pararam de falar.

Não dava para saber por quanto tempo estavam caminhando. Tudo continuava na completa escuridão. Não havia lua nem estrelas. Quanto tempo será que vai levar até o amanhecer, pensou sozinha.

— Para onde estamos indo? — perguntou, finalmente, com cautela.

A voz não respondeu.

— Você sabe para onde estamos indo? — insistiu.

A voz permaneceu um tempo em silêncio. E, em vez de responder, suspirou:

— Coitada da professora Choi.

— O quê? — perguntou ela, sem entender.

— Quando se casou, parecia ser a pessoa mais feliz do mundo — murmurou a voz como se estivesse falando sozinha. — Mas se divorciou em apenas um ano, foi mandada embora da escola...

Ela esperou, mas a voz não continuou.

Então perguntou:

— Do que você está falando?

— Ela não tem culpa de ter tido um marido infiel... — a voz fininha voltou a murmurar. — Não acha injusto? É verdade que dizem que os professores devem dar o exemplo, mas o problema é que era uma mulher... divorciada, ainda por cima...

— Não estou entendendo nada. Você não disse que a professora Choi tinha acabado de se casar?

A voz soltou um riso fino.

— Acabado de se casar... sim, com um ano de casamento é possível dizer que é recém-casada...

— Mas você acabou de falar que fomos convidadas para conhecer a casa nova da professora Choi, que ela tinha acabado de se casar...

— Professora Lee, você deve ter machucado a cabeça... — respondeu a voz fininha, se esforçando para ter paciência. — Nós fomos consolar a professora Choi na casa que ela arranjou para morar sozinha, porque se mudou para o interior depois do divórcio...

Após esperar um pouco, a voz fininha continuou.

— Parecia que ela não tinha feito nada além de beber desde que foi morar sozinha. Nunca vi ninguém beber tanto...

Estava confusa.

— Mas... mas...

— Não lembra, mesmo? — perguntou a voz. — E agora? Precisamos de um médico, urgente...

Ela se calou depois de ouvir isso.

Continuou andando em silêncio.

Olhou para o céu enquanto caminhava. Era tudo tão escuro que nem conseguia saber se estava mesmo olhando para o céu. Pensou que nunca tinha visto uma escuridão tão densa na vida. O acidente, já que era de carro, certamente teria ocorrido perto de uma estrada. Mas como podia essa região não ter nenhuma iluminação?

Onde será que estou? Para onde estou indo?

— Pobre professora Choi...

A voz fininha voltou a puxar conversa. Ela não respondeu.

— A mãe dela chorava tanto... Tão jovem... Como pode uma tragédia dessa acontecer...

— Do que você está falando? — cortou rispidamente.

— Professora Lee, você também viu — suspirou a voz. — No velório... Ah, você disse que não lembra, não é?

— Velório? Como assim? — irritou-se ainda mais ao sentir um tom de deboche. — Você disse que estávamos na casa dela...

— A batida deve ter sido muito grave... — a voz fininha demonstrava preocupação. — Por mais que o amor dela não tenha sido correspondido durante todo aquele tempo, como pôde pensar em suicídio... Tão jovem. Será que não pensou na família? Coitados...

— Você... não disse que a professora Choi tinha se casado? — perguntou, tentando esconder ao máximo a voz trêmula. — Não disse que ela tinha se divorciado... por causa do marido infiel?

— Ai, ai... — a voz fininha suspirou longamente. — Não fala coisa com coisa...

— Mas você disse há pouco. Primeiro que era a casa nova após o casamento da professora Choi e depois que ela morava sozinha... Que tinha acabado de se casar e que o marido pediu o divórcio...

— Professora Lee, nada do que você está falando faz sentido. Está sentindo dores na cabeça?

Ela se calou.

— Você não acha que a professora Choi foi tola demais? — voltou a murmurar a voz fininha, depois de um momento de silêncio. — Entendo que ela estava apaixonada, mas como não percebeu que aquele homem estava de caso com a professora da sala ao lado? Toda a escola estava sabendo, menos ela... Depois que a mulher tomou de vez o homem dela, saiu da escola e fez todo aquele escândalo dizendo que ia se matar...

A voz fez uma pausa. Ela esperou.

— E não é que morreu mesmo?... — murmurou a voz fininha, num tom que não dava para saber se estava rindo ou chorando.

Nesse momento, a confiança, recente porém profunda, se partiu em pedaços e ela sentiu uma forte e afiada dor e um intenso sentimento de pavor revirarem seu coração. Cautelosamente, se afastou um pouco para a direita. Ainda colada ao lado esquerdo dela, a voz continuava murmurando.

— Você não acha que a vida é muito injusta? Todo mundo nasce igual, mas algumas mulheres chegam a se casar com o homem que roubaram das outras, enquanto algumas são simplesmente jogadas fora, cuspidas como chiclete velho...

Ela não respondeu.

— Não é engraçado? — a voz fininha continuou. — Mesmo tendo sofrido o mesmo acidente de carro, algumas pessoas morrem ali mesmo, enquanto outras escapam ilesas.

— Quem é você? — perguntou, sem tentar esconder o medo.

— Você não acha muito injusto? — a voz fininha continuou sem dar atenção. — Ter passado a vida inteira na solidão para estar sozinha mesmo depois da morte...

— Que lugar é esse? O que aconteceu comigo? — ela gritava.

— Eu acho as pessoas muito engraçadas. — A voz fininha continuou rindo colada ao seu lado esquerdo. — Você não? Mesmo não vendo nada, elas acreditam em vozes só porque se sentem inseguras...

— Quem é você? — continuou a gritar. — Onde estou? Para onde está me levando?

— É só fingir um pouco de atenção que a pessoa já vai junto sem saber quem está falando ou para onde é levada... — a voz seguiu murmurando, rindo.

Não aguentando mais, ela começou a correr.

A voz fininha, ainda rindo e murmurando, vinha de trás.

— Sem nem saber quem é, para onde está indo...

Ela correu. Não sabia para onde, mas correu sem parar, mais calma ao sentir a voz fininha cada vez mais longe.

De repente, os pés afundaram. Perdeu o equilíbrio e caiu. Quando finalmente conseguiu se levantar depois de muito se debater, um clarão a cegou. Seus olhos, até então acostumados à escuridão, pararam de funcionar diante daquela claridade inesperada. Ela ficou estática diante da chuva de luzes.

Viu nitidamente sua própria imagem petrificada e apavorada, sentada no banco do motorista daquele carro descontrolado, voando em sua direção para fora da estrada. Viu também a presença serena, como se estivesse debochando dela, de cinco dedos entre as suas duas mãos que seguravam inutilmente o volante com toda a força.

A escuridão voltou a tomar conta de tudo.

— ... p...ssora.

Ouve uma voz de mulher bem fininha. Levanta a cabeça.

— ... professora.

A voz volta a chamá-la. Tenta virar a cabeça para o lado de onde vem a voz. Mas não consegue se mexer.

— Professora Lee.

No momento em que está prestes a dizer algo, uma outra voz, dessa vez familiar, responde.

— Sim?

Ouvindo a própria voz responder ao chamado, ela se debate debaixo do carro. Mas não consegue se mexer. Há muita lama, aliás, algo parecido com lama. Essa coisa pegajosa, insistente e nefasta, depois de ter engolido seus dois pés, joelhos, as coxas e até a cintura, continua a subir, de pouco em pouco, sem cessar.

Ouve um diálogo de longe.

— Tem alguém aí? Quem é? Eu estou aqui!

— Você está bem, professora Lee?

Ela se contorce com todas as suas forças. O braço direito está debaixo de uma das rodas. Consegue tirar a mão esquerda com muito custo. Segura o para-choque. Força o braço esquerdo na tentativa de escapar de debaixo do carro.

De repente, sente dedos gélidos tocarem sua mão esquerda. Recua a mão, mas é tarde demais. Os dedos gélidos tiram do seu dedo anelar o anel redondo, firme e polido.

"Não..."

Tem vontade de gritar. Mas não consegue se fazer ouvir.

— Fique tranquila... — sussurra a voz fininha no seu ouvido. — Não se mexa. Você está machucada, pro-fes-so-ra-Lee.

A voz se afasta debochada, rindo.

Sente uma leve sacudida vinda do carro que a esmaga.

— ... Cuidado. Um pé de cada vez. Devagar. Isso — ouve a voz fininha falando de longe.

Ela abre a boca. E com toda a sua força, com todo o pavor, fúria e desespero, grita.

— O que foi? — Ouve a voz perguntar.

— Você não ouviu? Veio de lá...

— O quê? — a voz pergunta outra vez.

— Achei... acho que ouvi alguém...

— Deve ter sido engano — volta a dizer a voz fininha. — Não tem ninguém aqui. Só nós duas.

Ouve passos dados com dificuldade sobre aquele terreno lamacento e pegajoso se afastarem. O diálogo também vai diminuindo.

O carro continua a afundar pouco a pouco. Esmagada, ela ouve o som de ossos se quebrando, mas não sabe dizer exatamente quais. Acha estranho não sentir dor. Tudo o que sente é o peso colossal do carro que a arrasta para a escuridão desconhecida.

Menorreia

Já estava no décimo segundo dia de menstruação, mas não parava de sangrar. Num ciclo normal, o volume de sangue aumentava até atingir o auge no terceiro dia e depois ia diminuindo para terminar em cinco ou seis. Mas dessa vez já estava na segunda semana de menstruação e nada de o sangue diminuir. O fluxo até abrandava um pouco no começo da noite, mas na manhã seguinte voltava a aumentar.

Continuou sangrando até o décimo quinto dia. E se consultasse um ginecologista? Mas para uma jovem solteira aquele não era um lugar fácil de enfrentar.

Quando passou mais de vinte dias menstruando, ela começou a sentir tontura e fadiga, que a impediam de levar uma vida normal. Decidida, foi a uma clínica ginecológica.

O médico, sem explicar muita coisa, aplicou um monte de gel transparente e pegajoso na sua barriga, apertou vários pontos com a ponta arredondada e metálica do aparelho e resmungou, olhando para uma tela em preto e branco nem um pouco nítida.

— Não vejo nada estranho...

Por mais que limpasse, não conseguia se livrar totalmente do gel. Trocou-se e voltou à sala de consulta toda melada nas mãos e na blusa. Com a ficha da paciente sobre a mesa, o médico perguntou:

— Tem passado por alguma situação estressante ou alguma grande mudança nesses últimos tempos?

— Estou trabalhando na minha dissertação de mestrado... Mas não é tão estressante...

O médico, depois de olhar rapidamente para ela, começou a rabiscar coisas na ficha.

— O estresse pode causar problemas hormonais e acarretar esse tipo de problema, que costuma ser passageiro. Vamos tentar pílulas anticoncepcionais, porque no ultrassom está tudo normal. Você vai tomar pílula durante três semanas, parar por uma, voltar a tomar durante três e parar por uma e assim por diante. Dois ou três meses serão suficientes.

Foi assim que ela começou a tomar anticoncepcional.

Tomou durante três semanas e parou por uma. Tomou durante três semanas e parou por uma. Fez isso por dois meses. Então a menstruação, que tinha começado dois dias depois de ter tomado a última pílula, durou mais de dez dias. Voltou, então, com o remédio. Quase como um milagre, o sangramento parou. Três semanas mais tarde, tentou novamente, mas, sem os comprimidos, voltava a sangrar sem parar. Assim, acabou tomando o anticoncepcional durante seis meses.

No sexto mês, a menstruação finalmente voltou ao normal e parou no quinto dia. Ela gritou de alegria.

Numa manhã, depois de mais ou menos um mês, ela sentiu uma forte tontura ao se levantar da cama e acabou sentando no chão, quase caindo.

Passou o dia inteiro com ânsia de vômito e tontura, sem conseguir comer nada. Sentia moleza e febre também.

Decidiu ir ao hospital. Tirou raio X e coletou sangue e urina.

Quando foi pegar os resultados, o médico, inexpressivo, disse:

— Você está grávida.

— O quê?

— Vou passá-la para o setor de ginecologia.

Teve que descer alguns andares para ver a obstetra. Era uma jovem, nos seus trinta e tantos anos, com uma maquiagem inacreditavelmente forte. Depois de fazer alguns exames — nada agradáveis, é preciso dizer —, a médica declarou com a cara mais fria do mundo:

— Você está na sexta semana de gestação.

— Mas eu não sou casada nem tenho namorado — ela retrucou.

— Você nunca teve relações sexuais? Tem tomado algum medicamento ultimamente?

— Tomei pílulas anticoncepcionais por um tempo por causa de um problema com a minha menstruação, que não parava...

— Por quanto tempo?

— Seis meses.

A médica olhou fixamente com os olhos pintados de sombra azul e delineador preto.

— E os anticoncepcionais foram prescritos?

— O médico falou para tomar durante dois ou três meses. Além disso, é possível comprar sem receita, não é mesmo?

Sentiu-se estranhamente envergonhada.

— Se ele disse para parar em dois ou três meses, tinha que ter parado em dois ou três meses!

— É que a menstruação não acabava...

Dava para ver a irritação escapar com o suspiro por entre os lábios cobertos de batom vermelho-vivo.

— A gravidez pode ser um efeito colateral de anticoncepcionais em excesso. Principalmente quando a pessoa não está nas melhores condições.

— Sério? Mas... o anticoncepcional não serve exatamente para evitar a gravidez? — tentou revidar timidamente.

A médica olhou como se fosse matá-la com aqueles olhos maquiados de azul e preto.

— Isso é o que chamamos de abuso de medicamentos. Ninguém, além de você mesma, é responsável por essa situação. Onde já se viu sair por aí tomando remédio por conta própria?

— E... o que devo fazer agora?

— O bebê tem pai? — perguntou a médica, olhando sua ficha.

— Hein?

— Perguntei se tem alguém para ser o pai desse bebê.

— Não...

Levantando a cabeça, a médica olhou ferozmente com os olhos cobertos de maquiagem.

— É melhor se apressar e encontrar alguém para ser o pai da criança, então.

— Pai da criança? Por quê?

— Porque é mais do que normal ter um pai quando se tem um filho na barriga, não? — retrucou a médica, incisiva.

— E o que pode acontecer se não tiver um?

— Como o seu caso não é uma gravidez normal, se você não conseguir um cônjuge a divisão das células e o desenvolvimento do embrião ficarão comprometidos. Já ouviu falar de ovos fertilizados e não fertilizados no mercado? Pois é o mesmo princípio. Se o feto não se desenvolver normalmente, a gravidez também estará sujeita a risco, o que pode acabar causando consequências nefastas para a gestante. E a gestante, neste caso, é você. Está entendendo?

Sem a menor paciência, a médica a encarou com irritação.

— Que ti... tipo de consequências?

— Depende, mas como você está apenas na sexta semana não posso dizer nada muito concreto. — A médica voltou a suspirar. E, olhando fixamente em seus olhos, concluiu em tom de ameaça: — É melhor encontrar logo um pai para essa criança. O mais rápido possível. Ou não vai ser nada bom.

A família achou melhor ela trancar o mestrado e começar a marcar encontros para procurar um pai para o bebê antes que a barriga começasse a ficar maior. Ela trancou a pós-graduação alegando motivos de saúde. Seu orientador, intransigente por natureza, protestou, dizendo que a dissertação estava começando a entrar na linha, que era inaceitável parar logo agora. Ela concordava, mas não tinha outro jeito. Quanto aos colegas, se mostraram tão preocupados, achando que era um problema sério, que ela ficou até sem graça.

A pausa nos estudos permitiu mais tempo livre. Quem passou a correr para todos os lados foi a família, que se dedicava por inteiro ao projeto Encontrar um Pai para o Bebê. Não demorou muito para sua mãe conseguir marcar o primeiro encontro.

Depois que foi deixada sozinha com o homem para conversarem e tomarem um café, houve um momento de silêncio constrangedor entre os dois. Como nunca tinha ido a um encontro arranjado, ela não fazia ideia de como manter uma conversa com aquele homem desconhecido, para onde olhar ou o que fazer com as mãos. Além disso, o enjoo, que parecera ter dado uma trégua, havia piorado desde aquela manhã. Só o fato de estar sentada naquele café de hotel, com o ar-condicionado ligado no máximo, mais o cheiro forte de café, a fazia tremer toda e ficar ainda mais enjoada.

— Então... me disseram que você está fazendo pós-graduação — disse o homem todo sem jeito, finalmente.

— Estou... — ela respondeu com muito custo, tremendo e com os lábios roxos de frio.

— Estuda o quê?

— Literatura russa...

— Que diferente. Não tem muita gente na Coreia estudando literatura da Bielorrússia, não é mesmo?

— Não é bem isso...

A essa altura, não conseguia mais aguentar o cheiro de café. Chegou a ponto de não conseguir pensar em modos. Levantou-se e correu para o banheiro. Passou um bom tempo ali, vomitando bile e o pouco de café que tinha tomado de estômago vazio. Enquanto enxaguava a boca e lavava as mãos, rezava para o homem ter ido embora.

Encontrou-o, porém, na frente do banheiro, com cara de preocupado.

— Você está bem? — perguntou, segurando seu braço assim que a viu sair cambaleando.

— Sim... Me desculpe.

Ela estava com o rosto queimando de vergonha, sem saber o que fazer. O homem a ajudou a voltar para a mesa. No curto trajeto entre um ponto e outro, ela percebeu como os ombros dele eram largos, aconchegantes e reconfortantes. Os braços, que seguravam suas mãos e ombros gelados por causa do ar-condicionado, eram fortes e firmes, e ao mesmo tempo calorosos e tenros. Ficou ainda mais vermelha ao perceber esses detalhes enquanto sentia o mundo rodopiar, as pernas fracas e vergonha a ponto de querer sumir.

— Está se sentindo muito mal? O que acha de sairmos daqui?

— Não, não. Me desculpe. Será que podemos ficar sentados um pouco?

— Ah, sim. Claro que sim.

Quase estendida na cadeira, ela não conseguiu dizer nada por um bom tempo. O homem tomava seu café, sem saber o que fazer.

— Você não está se sentindo bem? Não precisava ter vindo...

— Não. É enjoo... É que estou grávida.

— É mesmo? Parabéns.

— Obrigada.

— Será que foi o cheiro do café, então? Quer que peça para tirarem?

O homem chamou o garçom às pressas.

— Obrigada.

Ela continuava com vergonha, mas estava bem melhor sem o café na sua frente.

— Deve estar bem no começo.

— Sim, só dois meses.

— Já sabe se é menina ou menino? Perdoe-me se estiver sendo muito indiscreto com essas perguntas.

— Não, não se preocupe. Ainda não sei. Também não perguntei.

— Deve ser mais emocionante esperar até o nascimento.

Ele era educado, gentil e, para sua surpresa, uma boa companhia. Depois de trocarem impressões sobre gravidez e bebês, ela foi direto ao ponto:

— Será que você gostaria de ser o pai dessa criança?

— O pai da criança?

— Sim. É exatamente para isso que estou aqui hoje...

Contou como acabou engravidando por causa das pílulas anticoncepcionais e sobre o aviso da médica. Ele ouviu com atenção.

— Hum... Não vai ser fácil dar uma resposta já — ele voltou a falar depois de um momento de reflexão. — Eu não tinha sido avisado sobre essa situação... É verdade que se trata de um encontro arranjado, mas ser pai de uma criança não é uma decisão fácil. Peço desculpas.

— Não, não tem problema.

— Eu não posso responder já, mas o que acha de irmos nos conhecendo melhor? Tudo bem para você?

— Sim.

Ele fez questão de levá-la para casa, apesar de ela afirmar que não era necessário.

— Pode confiar em mim, eu sou motorista profissional — disse o homem, sorrindo.

Enquanto observava o carro partir depois de se despedirem, ela percebeu que a única coisa que tinha descoberto sobre aquele homem com quem passara uma tarde inteira tinha sido sua profissão.

Depois daquele dia, ela foi a outros encontros arranjados, um atrás do outro, sem resultados. Era comum os pretendentes terem ido embora quando ela voltava depois de ter corrido para o banheiro. Ao saber que estava procurando alguém que pudesse ser o pai do bebê, alguns acendiam um cigarro fazendo cara feia e outros não escondiam o aborrecimento. Ela foi se cansando daquilo. Estava ficando cada vez mais claro que o primeiro homem era o melhor de todos, mas não era fácil falar com ele, muito menos vê-lo, porque ele trabalhava em horários irregulares.

A barriga foi crescendo. Cinco meses mais tarde, era visível. O enjoo, que parecia não acabar nunca, diminuiu a partir de certo momento. Os seios ficaram maiores, ela passou a sentir dores nas costas por causa do aumento de peso e os pés inchavam com frequência. Sentia falta de ar e apertos no peito. Suava mais e tinha que ir ao banheiro o tempo todo. A médica dizia que era tudo normal. A única coisa é que nunca tinha sentido movimentos fetais, nem mesmo no sexto mês. De vez em quando, tinha a impressão de que algo se mexia ou tremia, mas era muito fraquinho. Não sentia nada que parecesse um bebê se mexendo ou dando chutes na parede do útero. Quando falou isso, a médica maquiada deu-lhe uma bronca.

— Você ainda não conseguiu um pai para ele, não é? É por causa disso.

— É que... É que não é tão fácil...

— Nada nessa vida é fácil! Achou que gravidez fosse ser fácil? O que pretende fazer? Já está muito avançada!

— Estou procurando...

— Nunca vi uma mãe tão irresponsável quanto você. Pense bem. Você está com uma criança na barriga, uma vida. É um ser humano que está crescendo aí. Agora você é responsável por essa pessoinha. Se já na barriga não está dando a devida atenção, imagine quando nascer! Não quero nem ver.

— Mas...

— Você não deve perceber a seriedade da coisa só porque não está diante dos olhos. Mas, se deixar do jeito que está, não sei o que será desse feto. Se quiser ter um bebê saudável e normal, precisa achar um pai o quanto antes.

— Mas estou procurando um bom pai para a criança, e isso...

— Não diga bobagens! Você não tem tempo!

Furiosa, a médica lançou uma expressão incisiva através dos olhos pintados de sombra azul e delineado preto. Intimidada, ela saiu apressada do hospital.

Estava ficando cada vez mais difícil arranjar alguém com aquele barrigão. Após o trigésimo sétimo encontro arranjado, em que o homem foi embora ao bater o olho na barriga assim que ela se sentou, declarou que não conheceria mais ninguém. Afirmou que podia criar o bebê sozinha, já que tinha ficado grávida sozinha também. Mas não havia como se livrar da pontinha de medo e culpa que crescia no seu coração ao se perguntar se estava fazendo algo errado ou pensar que algo podia acontecer caso ela não encontrasse um pai para o bebê.

Sua rotina agora se resumia a ler, ouvir música, ver coisas bonitas e procurar alimentos ricos em ferro, tudo pensando no bebê. Já não sentia enjoos, mas estava com anemia. As vontades súbitas de alimentos estranhos passaram. Seus dias eram tranquilos, e toda a família, inclusive parentes que nunca lhe deram atenção, a tratava com todo o cuidado do mundo, como se ela fosse frágil. Bastava dizer que precisava de algo ou que tinha alguma vontade que todos faziam o possível para atendê-la. Exceto pelos dias de consulta com a médica, sentia-se cada vez mais estável e satisfeita.

Um dia, ela estava lendo histórias para o bebê e ouvindo músicas calmas quando o celular tocou. Era uma mensagem de texto.

Favor ligar com urgência.

A tela mostrava um número desconhecido. Achando que tinha sido engano, ela apagou a mensagem.

Dez minutos mais tarde, o telefone voltou a tocar. Era a mesma mensagem. Apagou de novo.

Passados quinze minutos, tocou outra vez. Era a mesma mensagem, só que agora com vários pontos de exclamação.

Urgente!! Ligue rápido!!

Só podia ser uma emergência, mas a pessoa estava entrando em contato com o número errado. Ela ligou.

— Alô?

Era a voz de um homem desconhecido.

— Alô? Foi você que mandou as mensagens?

— Estou falando com Young-ran Kim?

Ela levou um susto.

— Sim, é ela. Quem está falando?

Ouviu um farfalhar.

— Alô?

— *It is my lady, O, it is my love! O, that's...* Não. *That she, she knew she were! She speaks yet she says no...* Não, não. *Nothing, what of that? Her eye dis, di, discourses, I will answer it. I am too bold...* É... *Ti, 'tis not to me she speaks...**

— Hum... Alô?

O homem aumentou ainda mais o volume da voz e continuou.

— *Two of the fa, fairest stars in all the heaven, having some business, do...* É... *en, entreat her eyes, to, to twinkle...***

— Alô? — ela gritou.

O homem parou de ler.

— O que é isso?

— Ato II, cena II de *Romeu e Julieta*, de Shakespeare. A cena do jardim dos Capuleto.

— O quê?

— É exatamente o que eu sinto por você. Logo que vi a sua foto no jornal, Young-ran, eu soube. Você é a mulher da minha vida. *O, you are my rose, my burning heart...*

— No jornal? Do que é que você está falando?

— Foi quando li "Procuro um pai para o meu bebê" em vez de "Procuro um pretendente para casamento". Senti logo que você é uma mulher feminina e sensível à literatura.

---

* "É ela quem lá vem, é minha dama!/ Se ela soubesse que é a minha amada!/ Ela fala e, contudo, está em silêncio./ Seus olhos é que falam. E eu — respondo?/ Seria demasiado atrevimento./ Ah, não, não é comigo que ela fala." (N. E.)

** "Duas estrelas, dentre as mais brilhantes,/ Tiveram de ausentar-se dos seus nichos/ E imploraram que os olhos de Julieta/ Brilhassem nas esferas celestiais." (N. E.)

Young-ran, nós fomos feitos um para o outro. Com base na paixão mútua que temos pela literatura, que tal *together deep love and understanding...*

— Escuta. Acho que houve algum mal-entendido...

— Reconheço que cometi a indelicadeza de mandar uma mensagem em vez de ligar. Mas é que estou sem dinheiro neste momento. Prometo, um dia, pagar o custo da ligação. A lógica do capitalismo se desarma diante do amor e da paixão. *O, my lady, my red, red rose...*

— Eu não tenho nada a ver com literatura inglesa...

Depois de desligar, ela procurou o jornal do dia. Ao abrir na última página, uma foto sua, com a seguinte frase com letras em negrito, lhe saltou aos olhos: "Procuro um pai para o meu bebê". Ao lado da foto, dados pessoais: nome, idade, profissão — "mestranda em literatura" — e o número do seu celular como contato.

À noite, quando a família voltou, ela foi tirar satisfações com o jornal na mão. Constrangidos, os parentes confessaram que tinham tomado aquela medida como último recurso para encontrar um pai para o bebê.

— Achamos que seria mais fácil se já soubessem de tudo desde o início...

Tinha ficado aborrecida, mas, pensando nos avisos da médica, não havia como não concordar com eles. A partir daquele dia, aturou inúmeras ligações, mas, com uma pontinha de esperança, procurou atender a todas as chamadas com paciência. O telefone tocava o dia inteiro.

Ao perceber que ela não respondia a suas mensagens, o autointitulado Romeu começou a ligar. Todos os dias, suplicava por um encontro, lendo passagens de declarações de amor das mais variadas obras literárias. Muitas das chamadas eram trotes de crianças; outras vinham de mulheres dispostas a apresentar irmãos, mais novos ou mais velhos, pais, filhos e até os próprios maridos. Havia também quem a ameaçasse.

— Alô?

— Young-ran Kim?

— Sim, é ela.

— Lembra de mim, sua vadia?

— Hein?

— Nós transamos. Não lembra? Esse filho na sua barriga é meu.

— Eu acho que você ligou errado.

— Não seja sonsa. Vamos conversar. Traga dez milhões de wons ao café do Hotel MM, amanhã, ao meio-dia. Quem sabe isso me mantenha calado.

— Alô? Para que número você ligou?

— Não se faça de desentendida. Acha difícil até amanhã? Então vou ser bem generoso e te dar uma semana. Traga dez milhões até o fim de semana ao café do Hotel MM. Senão vou botar a boca no trombone e dizer para o mundo inteiro que você engravidou depois de trepar comigo. Entendeu? Todos vão saber que você é uma puta.

— Escuta, é exatamente disso que eu preciso... de um pai para esse bebê...

— Pense bem, pois o seu futuro depende de mim. Dez milhões, até o fim de semana. Ficou claro?

Ele desligou.

Ela teve que aturar todo tipo de ligação estranha e inútil por um bom tempo. Até que, por fim, recebeu uma que lhe interessou.

— Alô?

— Estou ligando por causa do anúncio. Será que estou falando com a srta. Young-ran Kim?

Era a voz de um jovem educado.

— Sim. É ela.

— Você está procurando por um pai para o seu bebê, não é mesmo? Teria pensado em algum critério? Como idade, por exemplo...

Como não tinha pensado até então, deu uma resposta vaga.

— Bom, não diria critérios. Se for um bom pai...

— É mesmo? — perguntou o homem, pensativo. — E como se faz para se candidatar?

Ela riu, achando graça.

— Não chamaria assim, de candidatura, mas podemos começar com uma apresentação.

— Ah, peço desculpas.

O homem disse que tinha trinta e três anos, era formado em uma das melhores universidades e estava trabalhando numa grande empresa. Como ela nunca tinha trabalhado no mundo corporativo, não sabia com exatidão, mas parecia que ele ocupava uma posição alta para a idade que tinha. Até aí, impecável. Mesmo desconfiando de que tudo o que ele dizia podia não passar de mentiras — o que afinal eram todas aquelas ligações —, ela o achou o melhor de todos. Diferente dos que tinham ligado antes, tinha sido o único a perguntar que tipo de pai ela queria para o bebê. Essa foi a parte que mais lhe agradou. Depois de uma longa conversa, ficaram de se encontrar no café do Hotel MM no fim de semana e desligaram.

No dia do encontro, ela escolheu a roupa mais arrumada que tinha entre as que ainda serviam, caprichou na maquiagem e foi ao café do Hotel MM com o barrigão e o peito acelerado.

Ao vê-la procurando por alguém na entrada do café, um homem se aproximou.

— Srta. Young-ran Kim?

— Sim, sou eu.

Era um homem muito bonito, cuja voz era igual à do telefone. Ela o seguiu até a mesa, onde um velho estava sentado com dois homens de terno e óculos escuros em pé às suas costas.

— Este é o meu sogro — o homem apresentou o velho.

— O quê? — ela perguntou, sem entender.

— Fiquem à vontade para conversar.

— Ei, mas...

O homem foi embora sem hesitação.

— Sente-se — disse o velho.

Um dos homens de óculos escuros puxou a cadeira para ela. Ainda sem entender, sentou-se.

— Vou ser muito franco. Eu sou Woo-chang Seo, diretor do Grupo Woo-chang.

A surpresa foi grande.

— Aquele rapaz que acaba de sair é meu genro. Filhos homens são raridade na minha família. Durante oito gerações, só conseguimos um filho homem por vez. Acontece que só aos cinquenta e tantos tive uma menina que criei como uma princesa. E me apareceu um vagabundo como ele para roubar a minha filha. Apesar de tudo, mesmo sendo de uma filha mulher, eu estava determinado a deixar a empresa para o meu neto. O problema é que a minha filha, apesar de seis anos de casada, não consegue engravidar. Esse genro castrado acabou com a minha família. Corro o risco de perder tudo o que construí com sangue e suor durante toda a minha vida.

O velho estava ficando cada vez mais perturbado. E ela, entendendo cada vez menos.

— É por isso que eu digo, mocinha. — De repente, o velho chegou com a cadeira para perto dela e segurou-lhe a mão. — Me dê esse bebê que está na sua barriga. Pelo que me disseram, o terreno já está arado e só falta a semente, não é mesmo? Eu te dou a minha semente. Não, melhor ainda, que tal se tornar a minha segunda esposa? Se conseguir me dar um herdeiro, um filho homem, prometo uma vida de luxo, não só para o menino mas para você também.

— Não, com licença, senhor...

— Você não disse ao meu genro que idade não era problema? Eu tenho oitenta e dois anos, mas ainda sou viril. Muito mais do que muitos moleques por aí. Prometo registrar o menino e tudo. O que diz, hein?

— Mas senhor... isso...

Ela fazia força para soltar as mãos do velho enquanto pensava em uma desculpa para sair dali. Seu celular tocou nesse momento. Respirando aliviada, ela puxou as mãos para atender.

— Alô?

Mas a ligação caiu. O velho voltou a agarrar suas mãos.

— E então, mocinha? Basta me dar um filho homem e você vai ter uma vida de madame. Até morrer. É uma oportunidade única.

— Young-ran Kim?

Ela levantou a cabeça. Era um homem de meia-idade e de aparência ameaçadora, com um celular na mão.

— Você sabe quem eu sou, não? Trouxe os dez milhões?

— Mas quem é esse? — perguntou o velho, fazendo cara feia para o intrometido.

— Eu?

O homem tirou um cigarro do bolso da camisa, acendeu-o e soprou a fumaça na cara do velho. Os homens de óculos escuros deram um passo para a frente. O velho levantou a mão e eles recuaram.

— Eu sou o namorado dessa aí, a Young-ran Kim. Esse bebê é meu — disse o homem de meia-idade, fumando tranquilamente.

— O quê?

— Você é o pai dela? Ou algum velho pervertido, tentando pagar uma jovenzinha em troca de favores sexuais? Ah, a coisa está ficando legal — disse o homem, rindo. Em seguida, aproximou o rosto do velho e ameaçou em voz baixa. — Não sei se é sua filha querida ou se é barriga de aluguel, mas se não quiser que o mundo saiba que ela está grávida de mim, é melhor me passar cinquenta milhões. Já.

— O quê? Seu tratante! — gritou o velho.

Os homens de óculos escuros se aproximaram, mas isso não o intimidou.

— Tratante? Quem é você para me chamar de tratante? É melhor passar logo o dinheiro se não quiser se machucar. Com a grana nas mãos, eu desapareço.

Possesso, o velho olhou dela para o canalha antes de bater a bengala no chão e se levantar, sem esconder a raiva. Os homens de óculos escuros correram para ajudá-lo.

— Onde pensa que vai, seu velho de merda? — O homem o segurou pela lapela. — Não está vendo que eu ainda não termin... Uf!

Um dos homens de óculos escuros o golpeou feito um relâmpago. Ao ver que ele tinha caído no chão, segurando a barriga, viraram-se em direção à saída.

— Seus filhos da puta, vocês me bateram!

O homem se levantou e atacou o velho por trás. O velho, o homem e um dos seguranças caíram embolados no chão. O que ainda estava em pé correu para levantar o velho. E então o que tinha caído também se levantou depressa e começou a bater no homem. Os clientes do café começaram a gritar. Um dos funcionários do hotel ligava para alguém.

Fugindo de toda aquela confusão, ela saiu de fininho.

Enquanto caminhava em direção ao ponto de ônibus, carregava um peso muito maior no coração do que na barriga. Sentia-se estúpida, mas não podia fazer nada além de rir daquela situação ridícula.

O ônibus chegou. Subiu os degraus tomando cuidado para não perder o equilíbrio. Depois de lançar um olhar irritado, o motorista fechou a porta e deu a partida antes mesmo de ela terminar de subir. Quase caiu, mas conseguiu se segurar no aparelho de cobrança de tarifas.

O ônibus não estava cheio, mas também não havia lugar para sentar. Como a viagem era longa, pensou em ir para o fundo, mas desistiu e ficou ali mesmo, logo atrás do motorista, segurando-se em um dos balaústres, porque não tinha equilíbrio para andar pelo corredor daquele ônibus que corria chacoalhando.

— Sente-se aqui, mocinha — disse uma senhora de meia-idade, se levantando do seu lugar.

— Não, não precisa. Estou bem. Obrigada.

— Está bem nada — disse a senhora com um sorriso carinhoso. — Não é bom andar em pé no ônibus com esse barrigão. Dá aflição só de ver. Fique aqui sentadinha.

— Obrigada.

Aceitou o lugar com um sorriso acanhado e sentou-se com a ajuda da senhora. Quando já estava sentada, a mulher observou-a por um momento e perguntou:

— Você não é a jovem do jornal?

— Como?

Sentiu um frio na barriga ao ouvir a pergunta inesperada.

— Aquele anúncio. Você não é a pessoa que está procurando um pai para o bebê?

— Hum...

Como tinha sido pega de surpresa antes mesmo que o susto no café pudesse passar, teve vontade de chorar. Se arrependeu profundamente de não ter cancelado aquele anúncio.

— O pai do bebê te engravidou e fugiu, foi isso? — A senhora havia interpretado as coisas do jeito dela. — Não deve ser nada fácil para você. Por que será que ele fugiu, deixando uma jovem tão bonita?

A senhora deu tapinhas em seu ombro. Por um lado, ela achava aquela situação ridícula, mas por outro sentiu como se a mão carinhosa daquela senhora acalmasse seu coração.

— A vida é assim mesmo. Mas não desanime. Pense no bebê que está na barriga. Seja forte, pense só nele. Eu sei que não é fácil criar uma criança sozinha, mas você deve seguir em frente. Eles crescem rápido. Depois você vai ver como o tempo voou… — a senhora murmurou com um olhar distante.

O ônibus freou de repente. A senhora levou um susto.

— Nossa, onde estamos?

Depois de sinalizar a parada, a senhora olhou pela janela.

— Querida, seja forte. Ânimo, que o pai do bebê certamente vai voltar.

Tendo dito isso, a senhora desembarcou no ponto seguinte.

Depois de descer do ônibus, ela foi caminhando devagar e pensativa até em casa. A primeira coisa que fez ao chegar foi ligar para o jornal e cancelar o anúncio. Em seguida, desligou o celular e o largou no fundo de uma gaveta.

Continuou sem sentir chutes ou movimentos do bebê até o último mês da gestação, exceto por raros e fracos tremores. Acariciou a barriga. Não sentia nada além dos sintomas da anemia, que foi piorando; os movimentos fetais eram detectados só pelo ultrassom. A médica também não comentou nada além da necessidade de encontrar logo um pai para a criança. A barriga foi crescendo ao longo dos meses, e agora estava enorme, como todas as outras gestantes no fim da gravidez. O que será que a médica queria dizer com não se desenvolver direito? Ela pensou no olhar frio coberto de maquiagem pesada. Se a existência de um pai era tão importante para o desenvolvimento do feto, como entender o fato de ele ter crescido até ali sem que ela tivesse encontrado alguém? Será que não tinha ficado com medo só por causa do que dizia a médica, ou melhor, aquela mulher jovem, alheia e com cara de má, achando que o bebê estava virando um monstro? Será que não tinha dado atenção suficiente ao bebê sob o pretexto de se empenhar em encontrar um pai para ele? Fosse ele bem desenvolvido ou não, tivesse ou não um pai, aquele bebê era dela, e isso em todos os sentidos, pois o bebê era dela, só dela. "Pense no bebê." Ela se lembrou da senhora do ônibus. Achou o que ela disse muito bonito. "Seja forte, pense só nele." Pensar só no bebê… Era impossível se livrar de toda a inquietação e preocupação apenas com aquelas palavras, mas de alguma maneira eram reconfortantes.

Sentiu muita fome, o que não acontecia havia muito tempo. Teve vontade de comer alguma coisa gostosa pelo bebê na sua barriga. Levantou-se de um pulo.

Quando voltou a abrir os olhos, estava caída no chão.

O que estou fazendo deitada?

Foi difícil, mas conseguiu sentar. Porém, demorou um pouco para voltar a si.

Deve ser a anemia. Certamente desmaiei na hora de me levantar.

Passou a mão na nuca e na cabeça. Sentiu um galo crescer. Teve um pouco de medo.

De repente, percebeu uma quentura entre as pernas.

Será que fiz xixi ao desmaiar? Que vergonha. É melhor limpar antes que minha família volte.

Levantou-se, tomando muito cuidado dessa vez. Atravessou a cozinha lentamente, pegou um pano e limpou o chão da sala devagarzinho. Enquanto isso, a água morna continuava escorrendo pelas pernas. Quando terminou de limpar o chão, notou manchas avermelhadas no pano.

Foi ao banheiro. A roupa de baixo também estava manchada de vermelho. Pelo cheiro, o líquido morno não era urina.

Será...

Ela abriu a caderneta de gestante. Na lista de casos em que devia ligar imediatamente para o hospital, encontrou o item "Quando escorrer líquido transparente (bolsa rota)".

Sentiu dores de repente. Chegavam feito maré alta e desapareciam feito maré baixa.

Com as mãos trêmulas, ligou para o hospital. A cabeça também doía por causa do tombo.

Uma jovem enfermeira atendeu. Quando ela contou que tinha desmaiado por causa da anemia e que, ao acordar, percebeu que a bolsa havia estourado, e que agora estava com hemorragia e dores, a enfermeira soou completamente amedrontada, sem saber como proceder.

— O que eu faço? Estou sozinha em casa. E a cabeça, que bati naquela hora, também está começando a doer...

— Vou mandar uma ambulância! Não vai demorar muito! Espere em casa e não se mexa! — falou a enfermeira, aflita, depois de ter confirmado o nome, o endereço e o número de telefone. — Não se mexa! Espere em casa que a ambulância não vai demorar!

A ambulância chegou mesmo logo. Tocaram a campainha, ela abriu a porta, homens fortes e altos entraram correndo e a levaram na maca. Tudo foi muito rápido. Outro homem, que esperava na porta da ambulância, ajudou a paciente a subir. Ela o reconheceu do primeiro encontro arranjado.

— Ei... Você...

Ele também ficou de olhos arregalados ao reconhecê-la. Tentou dizer algo, mas os paramédicos foram rápidos em pôr a maca dentro da ambulância. O homem então fechou a porta, sentou-se no banco do motorista e deu a partida.

O percurso até o hospital foi um verdadeiro pesadelo. O veículo chacoalhava, a sirene berrava e os paramédicos faziam um monte de coisas e perguntas incessantes. Puseram uma agulha na veia do braço, mediram a pressão sanguínea e percorreram a barriga toda com um estetoscópio gelado. Ela passou a sentir fortes dores na cabeça e ânsias de vômito. As contrações pararam.

Mesmo sem contrações, ela sentiu o bebê se mexer com vigor. Parecia querer compensar todo o tempo que passou sem se movimentar. Agora chutava com todas as forças, como se estivesse pronto a deixar aquele ventre. Todas as vezes que o bebê batia na parede do seu útero, tinha a impressão de ouvir sua voz suplicando: "Eu quero nascer. Eu quero viver. Encontre um pai para mim!". Os paramédicos perguntavam o tempo todo se ela sentia contrações e com quantos minutos de intervalo. Respondia que não tinha contrações. Uma nuvem negra de aflição começou a crescer e a fez pensar que o bebê, que não parava de se mexer com tanta energia em seu ventre, poderia mesmo não ser normal. Começou, então, a implorar a cada um dos paramédicos da ambulância para que se tornasse o pai do bebê. De repente, a onda de dor voltou a tomar conta e ela começou a gemer, abraçando a barriga.

A ambulância freou do nada. O motorista buzinava como um louco.

Ela gritou, chamando pelo motorista. Desceu da maca e foi engatinhando até o banco da frente implorar ao homem do primeiro encontro arranjado.

— Eu suplico, ainda dá tempo de ser o pai desse bebê! Por favor, seja o pai do meu bebê! Ele está prestes a nascer! Socorro! Ainda dá tempo...

O motorista pôs a cabeça para fora da ambulância e, buzinando, gritou:

— Ei, sai da frente, seu idiota! Não está ouvindo a sirene? Isto aqui é uma ambulância! Temos uma gestante com uma concussão!

Os paramédicos a arrastaram de volta para a maca. O veículo corria em alta velocidade, desrespeitando os faróis, indo na contramão e costurando por entre os carros. Chegaram enfim ao hospital. Ela foi tirada da ambulância e, enquanto era levada às pressas para o pronto-socorro, o homem do primeiro encontro deu a partida após observar a situação pelo retrovisor com dor no coração. No pronto-socorro, foram diagnosticados apenas sintomas leves de concussão cerebral. Ela foi então levada para a sala de pré-parto.

Havia todo tipo de gestante ali: as que gritavam de dor, sacudindo o marido; as que caminhavam tranquilamente, como se nada estivesse acontecendo; as que choravam; também as que conversavam com as enfermeiras. O bebê estava prestes a deixar seu ventre e seu corpo ia se abrindo no ritmo do feto. Depois de uma onda de contrações, vinha uma enxaqueca muito forte, daquelas que fazem sentir os batimentos cardíacos no cérebro. A ordem da enfermeira tinha sido de caminhar para que o bebê encaixasse, mas a enxaqueca era tão forte que ela não conseguia nem ficar sentada. Deitada na cama, ficou observando as lâmpadas brancas do teto, claras a ponto de fazer os olhos doerem. O coração, dentro da sua cabeça, batia ritmado, causando fortes dores. Olhando para cima, tinha a impressão de que seu corpo se desfazia no compasso dos batimentos cardíacos e flutuava em direção àquele teto todo branco. Mas, quando chegavam as contrações, que pareciam espremer o corpo todo, a cabeça, que até então flutuava em direção ao teto, era puxada de volta para a cama. Tomada ora pelas contrações, ora pela enxaqueca, ela começou a ficar estranhamente serena e insensível a tudo.

O intervalo entre as contrações foi encurtando, a dor mais intensa e duradoura. Depois do exame de toque, a enfermeira disse que ela estava pronta para ir à sala de parto. Foi andando até lá, segurando a barriga enquanto as ondas de dor a faziam flutuar até o teto branco e a puxavam de volta. Subiu na cama. Fez força seguindo a contagem da equipe médica que lhe parecia longe e irreal: de novo. De novo. E...

Sentiu algo gelatinoso escapar por entre as pernas. Ou melhor, escorrer. Sentiu um alívio na barriga.

Permaneceu deitada, esperando pelo choro do bebê.

Silêncio.

Ninguém se movia: nem a médica nem as enfermeiras. Ninguém dizia nada.

— O que está acontecendo? — conseguiu perguntar com dificuldade. — Morreu?

Ninguém respondia.

— O bebê morreu?

O medo e o desespero perfuraram a insensibilidade cegante e tomaram conta dela. Olhando para todos os lados, ela tentou se levantar a qualquer custo. Uma das enfermeiras tomou o bebê dos braços da médica e o trouxe com cuidado até ela.

Era uma massa gelatinosa de cor e cheiro muito forte de sangue.

— O que é isso? — ela perguntou à médica e às enfermeiras, segurando o bebê nos braços. Sentia o calor da massa de sangue no colo. — Ninguém vai me responder o que é isso?

— Não está vendo que é um bebê? — a médica respondeu rispidamente.

Apesar da máscara que cobria o rosto, podia reconhecê-la pela sombra azul e o delineado preto.

— Isso... isso aqui é um bebê?

— Eu não disse para encontrar logo um pai? É isso que dá deixar o bebê crescer sozinho. Olhe no que deu — disse a médica friamente, como se a estivesse culpando.

A massa de sangue se mexeu.

Ela levou um susto.

— Ele está procurando a mãe — disse gentilmente a enfermeira que tinha trazido o bebê. — Está olhando para a mãe. Olhe nos olhos dele.

Ela também sentia o olhar da massa de sangue na sua direção, mas não sabia de onde vinha, pois não via os olhos, ou melhor, não dava para saber onde era a cabeça ou o corpo naquele ser. Aturdida, ela o observou de todos os lados.

O bebê, que se mexia, estremeceu de repente. Por uma fração de segundo, a massa vermelha brilhou como uma joia preciosa e transparente.

Logo depois desmanchou-se em uma poça de sangue líquido.

Toda molhada e ainda com os braços na posição em que segurava o bebê, ela olhou, boquiaberta e sem palavras, para o avental ensanguentado e para a poça de sangue que se formou no chão perto da cama.

A porta se abriu devagar. Era o homem do primeiro encontro, o motorista da ambulância, que entrava hesitante.

— O senhor não pode entrar aqui — disse uma das enfermeiras, olhando para ele.

— Ah, eu sou da família... aliás, não ainda, mas... — disse, gaguejando. Virou-se para ela e continuou. — Será que ainda dá tempo de eu ser da família? O que quero dizer é que... gostaria de ser o pai do bebê, se ainda for possível...

Teve que parar de falar depois que percebeu o que estava acontecendo ali e que ela estava coberta de sangue.

— Não... por acaso?...

Ela virou-se maquinalmente e olhou para o homem assustado. Devagar e com muito custo, ela se virou para a lateral da cama, de onde ainda pingava sangue na poça que, por um momento, tinha sido o seu bebê.

Levou as mãos ensanguentadas ao rosto e começou a chorar. No início, as lágrimas apenas escorriam, depois desatou a soluçar. Mas se aquelas lágrimas eram de alívio ou de tristeza por ter perdido o bebê ou algum outro motivo, ela não sabia.

Adeus, meu amor

1

A primeira coisa que o S12878 fez ao ser ligado foi olhar para mim e sorrir. Essa era a mais nova função do modelo. Apenas um detalhe, mas primoroso e bem executado. Seria bom incluir mais opções para simular diferentes personalidades: um sorriso tímido, um olhar para baixo antes de fazer contato visual ou uma risada calorosa estendendo a mão. Anoto essas ideias na parte de observações.

Depois era a hora de testar a saudação inicial.

— Oi — cumprimento.

— Olá — responde o S12878.

— Como você se chama?

— Meu nome é Sam.

Esse é o nome padrão programado de fábrica que eles dizem ao ser ligados pela primeira vez. Todos da linha S12000 se chamam Sam, o que significava que ele estava funcionando bem. Depois de marcar Normal no campo Interação 1, estendo o braço e aperto o dedão da mão direita do S12878.

— Agora você se chama Seth.

O S12878 abaixa a cabeça. Sinto uma onda de ansiedade com sua demora em responder.

— Como você se chama mesmo?

— Solte o dedo para salvar a configuração — responde o S12878, ainda com a cabeça baixa. Depressa, largo a mão dele.

O S12878 levanta a cabeça. E, como fez pouco antes, olhou para mim com um sorriso.

— Meu nome é Seth. Muito prazer.

A primeira etapa, a da customização, estava aprovada. Depois de marcar Normal também em Interação 2: Nome, pergunto:

— Seth, quantas línguas você fala?

— Falo 297 línguas — responde Seth.

Tiro o celular e ponho para tocar o conteúdo programado.

— Ладно, сейчас давайте поговорим по-русски.

— Хорошо, давайте.

— Как тебя зовут?

— Меня зовут Сет.

Seth responde a todas as perguntas com rapidez e naturalidade. Testo outra gravação.

— Să vorbesc românește acum.

— Bine, hai.

— Cum te simți azi?

— Sunt bine. Mersi.

Guardo o celular no bolso e falo na língua da configuração inicial, que é também a minha língua materna:

— Que horas são?

— São doze horas e vinte e seis minutos.

Marco Normal no campo Interação 3: Língua.

— Venha comigo. Vou te apresentar a um amigo — chamo.

Sorrindo, Seth vem atrás de mim.

2

Uma vez assisti a uma série sobre androides. Entre os inúmeros protagonistas havia um engenheiro idoso que não tinha coragem de se livrar de um androide quebrado com quem passara momentos alegres e preciosos da vida. Apesar da pressão do governo para que todos se desfizessem dos modelos antigos "por motivos de segurança" e os trocassem por versões mais recentes, o protagonista, sem conseguir jogar fora a sua querida máquina, fugia da vigilância das autoridades.

Apresento Seth ao D0068.

— Seth, este é o Derek. Derek, Seth, se cumprimentem.

O S12878 e o D0068 ficam de frente um para o outro e encostam a testa. As veias do rosto dos dois — que na verdade são os circuitos subdérmicos — se iluminam, em azul para o modelo S e em verde para o D. Aquele momento era bonito, insólito e sempre fascinante.

O processamento era mesmo muito rápido nos modelos mais recentes. Em pouco tempo, Seth descolou a testa de Derek e olhou para mim.

— Sincronização completa.

Em seguida, sorriu.

O sorriso é tão desagradável que, depois de ter marcado Normal nos campos Sincronização e Compatibilidade, deixo anotada a recomendação de tirar o sorriso após a transferência de dados. Não me sentia bem em vê-los agirem feito humanos após uma ação completamente impensável para nós. Talvez a expressão "vale da estranheza" seja aplicada não só à aparência artificial mas também ao comportamento das máquinas.

Nesse sentido, eu ficava bem mais confortável com o D0068. Derek quase não sorria. Talvez eu estivesse acostumada por ter passado mais tempo com ele, ou talvez porque ele já soubesse que prefiro que eles sejam inexpressivos e silenciosos em vez de sorridentes, com uma simpatia vazia.

Depois da sincronização, o D0068 simplesmente olhou para mim e saiu da sala quando permaneci em silêncio. Toda a informação adquirida por Derek durante os últimos dois meses e meio acabara de ser copiada para Seth. Informações sobre minha rotina, hábitos alimentares, o lugar de cada objeto na minha casa, o contato das pessoas mais próximas e até informações sobre como lavar minhas roupas de acordo com o tecido. E, como Seth e Derek estavam conectados pela rede, tudo o que acontecesse e todos os dados que recebessem dali em diante também seriam compartilhados entre eles. Eles formavam um só cérebro eletrônico ligado em dois corpos distintos.

Só faltava o último teste.

3

Abri a porta do guarda-roupa e acendi a luz.

O Nº 1 sempre demorava para ligar e começar a funcionar, mesmo estando com a bateria carregada. Eu tinha a impressão de que ele demorava cada vez mais para iniciar, embora isso talvez não fosse mera impressão: tudo nele, desde a memória até a placa de processamento, era antigo.

Esperei em silêncio até o Nº 1 levantar a cabeça e olhar para mim.

O Nº 1 foi literalmente o primeiro. O protótipo, a primeira máquina que desenvolvi e testei quando vim trabalhar na área de companheiros artificiais. Seu nome oficial não era Nº 1; ele teve três nomes: o nome da linha do modelo, um provisório, usado dentro da empresa, e um personalizado que eu dera na época do teste. Mas esses detalhes não vinham mais ao caso. Ele era o Nº 1 porque tinha sido o primeiro para mim.

E se ele não ligar mais?

O intervalo entre apertar o botão de ligar e o Nº 1 levantar a cabeça sempre me deixava aflita.

Era a mesma aflição de quando o liguei pela primeira vez. Era a primeira vez que trazia para casa um companheiro artificial desenvolvido por mim mesma. E se ele nem ligar? E se eu tiver colocado funções de mais? E se ele não funcionar direito? Não entender nem mesmo o próprio nome? Tudo isso e mais mil perguntas inúteis passaram pela minha cabeça naquele curto espaço de tempo até o Nº 1 ligar, levantar a cabeça e me olhar pela primeira vez.

O Nº 1 finalmente levantou a cabeça e olhou para mim. Na época, não havia a função de sorrir no primeiro contato visual.

Mas eu me apaixonei no momento em que meus olhos encontraram os dele.

Ele era uma criação minha. Um companheiro feito dos pés à cabeça com as minhas próprias mãos. Ele era só e inteiramente "meu".

Comprei-o três meses após o teste. As regras da empresa não só permitiam que funcionários comprassem seus produtos mas também incentivavam isso, com um desconto de setenta por cento sobre o preço cheio. Desde então, mudei duas vezes de emprego e trouxe inúmeros companheiros artificiais para testar em casa por períodos que iam de três dias até três meses. Com o avanço da tecnologia, eles foram se diversificando. Havia modelos jovens, com idade entre vinte e trinta anos, de meia-idade e até idosos. (Havia também modelos infantis, mas eu nunca tinha testado porque era necessária uma autorização específica para comprá-los, além de não serem a minha especialidade.) Independente do modelo ou da idade que aparentavam ter, esses companheiros artificiais foram ficando, versão após versão, cada vez mais charmosos, belos, gentis, simpáticos e, sobretudo, mais humanos. Eles aprendiam tudo sobre seus donos através de interações e eram capazes de pensar e de compreender com base nas informações adquiridas. Assim, com o passar do tempo, os companheiros artificiais cresciam, se adequando cada vez mais ao gosto e à personalidade dos donos.

Era por isso que eu gostava tanto do trabalho de desenvolver e testar companheiros artificiais: era gratificante. Toda vez que testava um novo modelo, ficava boquiaberta com a precisão e o avanço da tecnologia. Por vezes, os companheiros artificiais eram muito mais compreensivos, solícitos e pacientes do que os humanos. Tinham sido desenvolvidos tanto para auxiliar idosos nas tarefas do dia a dia quanto apoiá-los emocionalmente em países onde o envelhecimento da população era um problema social grave, mas eram tão bons que fizeram sucesso entre todas as faixas etárias. Havia até rumores e teorias da conspiração quase cômicas de que eles teriam sido desenvolvidos com a finalidade de diminuir a taxa de natalidade e aumentar o envelhecimento para vender mais robôs.

Embora eu estivesse sempre testando novos modelos, o Nº 1 nunca deixava de ser o mais precioso para mim. Por mais avançados e refinados que fossem, os outros modelos não passavam de trabalho.

O Nº 1 era diferente. Era o meu primeiro amor. Para mim, não havia nada artificial nele, era um companheiro de verdade. Mesmo depois de ter ultrapassado — até demais — sua vida útil, eu não tinha coragem de me livrar dele. A partir de certo momento, demorava tanto para se conectar à rede que parei de atualizar o software, até o dia em que decidi bloquear a sua conexão por completo. Ele passou a ser menos funcional do que uma mesa de trabalho ou uma geladeira inteligentes, mas nunca deixou de ser o meu Nº 1.

O tempo passou e a capacidade da bateria interna quase zerou, a ponto de ele funcionar por apenas dez ou quinze minutos e depois começar a ficar com os movimentos lentos e a fala arrastada. Um dia, caiu e torceu o braço por causa de uma parada repentina. Desde então, eu o mantive desligado e sentado dentro do armário. Foi assim que meu Nº 1 perdeu a função de companheiro e passou a ser um simples boneco. Só que jogá-lo fora era impensável. Para mim, o Nº 1 continuava sendo o Nº 1. Além disso, deixando-o na tomada, eu ainda conseguia ligá-lo. É verdade que a espera era enorme até ele iniciar, mas eu podia esperar o quanto fosse necessário para voltar a ver aqueles olhos verdes e o seu sorriso.

Às vezes, quando eu trazia um novo modelo para testar, ligava o Nº 1 e tentava uma sincronização ou atualização. A maioria das tentativas eram frustradas; algum erro ocorria e eu tinha que desligar às pressas, mas não podia desistir.

Enquanto eu esperava o Nº 1 ligar, Seth permanecia em silêncio ao meu lado. Sem sorrir nem tentar puxar conversa.

Isso me fez ter um bom pressentimento.

4

Enquanto Seth e o Nº 1 estavam de testas coladas, eu os observava com o coração na mão.

Eu não podia deixar o Nº 1 dentro do armário para sempre. É claro que preferiria mantê-lo comigo até meu último suspiro, mas talvez chegasse o dia em que ele simplesmente não ligaria mais. Não é impossível recuperar a memória de uma máquina quebrada, mas, visto que se tratava de um modelo bem antigo, o mais seguro era passar todos os dados da sua memória para outro aparelho enquanto ainda havia tempo. Todas as tentativas tinham sido frustradas porque o N⁰ 1 sempre acabava desligando ou dando erro antes de completar a transferência.

A cada segundo que se passava, eu ficava mais ansiosa. E se o N⁰ 1 desligar de novo?

Foi nesse momento que Seth de repente afastou a testa do N⁰ 1.

E o N⁰ 1 desligou quase ao mesmo tempo.

— Sincronização completa — disse Seth, olhando para mim. E sorriu.

Aquele sorriso era diferente do primeiro. Não sabia apontar exatamente qual era a diferença, mas com certeza não era o mesmo.

Aquele sorriso era agradável.

5

Tentei ligar o N⁰ 1, mas não consegui. Apertava várias vezes o botão, tirava e recolocava a bateria interna, testava a bateria sobressalente, mas ele não ligava de jeito nenhum. Então o deixei sentado no lugar de sempre, com uma bateria nova, conectei à tomada, verifiquei que tinha começado a carregar e só então fechei a porta do armário.

Voltei uma hora depois. Apenas dez por cento carregada. Continuava sem conseguir ligar o N⁰ 1.

Abracei o N⁰ 1 pela cintura e o tirei do armário. Ele era mais alto que eu, da estatura média de um homem adulto. Foi com muito esforço, puxando e fazendo força, que finalmente consegui tirá-lo de lá. S e D vieram correndo oferecer ajuda, mas mandei os dois embora, pedindo para me deixarem sozinha.

Fiquei um bom tempo sentada no corredor em frente ao closet abraçada ao N⁰ 1. Esperei por mais uma hora, mas a bateria não passava dos quinze por cento. Por mais que eu apertasse o botão, nada de o Nº 1 abrir os olhos.

Escondi o rosto na maciez dos cabelos castanhos do Nº 1. Depois de tanto tempo dentro do armário, ele cheirava a poeira e naftalina.

Tive vontade de chorar, mas precisei me segurar. Minhas lágrimas podiam molhar o cabelo do Nº 1 e danificar seus circuitos.

6

À beira do rio chamado tempo
Canções de prata para você eu canto
Adeus, meu amor
Adeus, meu amor...

Eu tinha ido buscar um copo de água quando me virei, surpresa, ainda com a porta da geladeira aberta, ao ouvir Seth cantarolar aquela música enquanto cortava pimentão na cozinha.

Pelas águas prateadas você segue
E em direção ao passado eu vou
O meu coração, junto com o seu, ao fundo do rio
Então adeus, meu amor
Adeus, meu amor

— Como você conhece essa música?

Minha voz soou aguda e alta demais.

— Está registrada como a sua música preferida, de acordo com os dados da sincronização — respondeu Seth com tranquilidade.

Senti a apreensão evaporar. É claro. Ele falou que a sincronização tinha sido completada. Mas é claro.

Seth esperou educadamente. Vendo que eu tomava a minha água sem dizer mais nada, ele voltou ao que fazia e começou a cortar cogumelos.

Um dia, no horizonte do tempo
Enxugando suas lágrimas prateadas

Sem nem perceber, comecei a cantarolar também.

Quem sabe voltaremos a cantar
Adeus, meu amor
Adeus, meu amor...

Seth terminou de cortar os cogumelos, arranjou-os numa travessa e lavou as mãos. Então se aproximou de mim e, sem aviso, tirou o copo da minha mão e o pôs sobre a pia. Com uma de suas mãos segurou a minha e, com a outra, enlaçou minha cintura.

À beira do rio chamado tempo
Canções de prata para você eu canto...

Cantarolando a melodia, Seth me fez rodopiar e começou a dançar comigo ao redor da mesa.

Adeus, meu amor
Adeus, meu amor...

Ainda com o braço ao meu redor, Seth deu uma volta na mesa e me levou para a sala de estar.

Pelas águas prateadas você segue
O meu coração, junto com o seu, ao fundo do rio...

No meio da sala, Seth continuava murmurando aquela música e dançava, me apertando forte.

Enxugando suas lágrimas prateadas
Quem sabe voltaremos a cantar...

Abraçada a esse último modelo de companheiro artificial em teste, e não ao meu companheiro de verdade, eu cantarolava a música cantada com aquela voz grave e profunda dele.

Adeus, meu amor
Adeus, meu amor...

7

O jantar era espaguete com molho de carne, pimentões e cogumelos refogados. Uma receita fácil e rápida — saborosa mesmo quando feita às pressas — que eu costumava preparar, sobretudo em épocas de muito trabalho. Seth decidiu fazer o prato por conta própria, sem receber ordens minhas e sem me perguntar. Era possível que o $N^{\underline{o}}$ 1 tivesse registrado esse prato como o meu preferido pela frequência com que eu o preparava.

Depois do jantar, fui para o armário onde o $N^{\underline{o}}$ 1 estava sendo carregado. Mesmo na tomada, o nível da bateria tinha estranhamente diminuído para doze por cento. E, na palma da sua mão, uma luz laranja alertava que a bateria estava fraca, em vez da luz verde que indicava o carregamento. A bateria de reserva, comprada mais tarde, tinha parado de pegar carga, assim como a original.

Mesmo sabendo que não havia chances, apertei o botão para ligá-lo.

O Nº 1 abriu os olhos. Aqueles olhos verdes olharam para mim.

Levei um susto. Tentei chamá-lo. Tentei conversar com ele.

Mas, no momento em que abri a boca, antes mesmo que pudesse dizer alguma coisa, ele fechou os olhos.

E nunca mais voltou a se mexer.

Abraçando o Nº 1, alisei seus macios cabelos castanhos cheirando a poeira.

— Adeus, meu amor...

Beijei seus cabelos, seus olhos, que nunca mais voltariam a abrir, e seus doces lábios.

— Adeus, meu amor...

Minhas lágrimas regaram a pálida pele do Nº 1.

8

Estava deitada havia muito tempo, mas não conseguia dormir.

Aquela música era parte da trilha sonora de um filme antigo. Tocava no momento em que os protagonistas se apaixonam e também quando dançam pela última vez antes da tragédia que os separaria para sempre. A última cena mostrava o casal de fim trágico em uma dança lenta ao ritmo dessa música.

— Eu também queria isso — murmurei enquanto assistia a essa cena encostada no ombro do Nº 1.

— Isso o quê, senhora? — perguntou o Nº 1.

Apontei para a cena com o queixo.

— Isso. Nunca dancei nem nunca aprendi.

— É mesmo?

Então ele se levantou. Pôs um braço para trás e se curvou de maneira exagerada.

— Aceita dançar comigo?

— O quê?

Eu ri. Todo sério, o Nº 1 me pegou pela mão e me fez levantar. Ainda de mãos dadas, me puxou pela cintura. Colado em mim, começou a dançar bem devagar.

— Não sei dançar. — Eu estava um tanto constrangida e acanhada. — Acho que vou cair.

— É só me seguir — sussurrou o Nº 1. — Devagar.

Enquanto os créditos finais subiam na tela, o Nº 1 dançava comigo, suave e vagarosamente, pela sala toda. Enquanto girávamos pela sala ao ritmo daquela música melosa e triste, abraçada e com o rosto colado ao seu peito, pela primeira vez comecei a pensar nele não como um companheiro artificial, mas só como um companheiro.

Quando perguntei mais tarde por que tinha começado a dançar comigo naquele dia, ele respondeu, com seriedade:

— Porque eu consigo baixar manuais para pessoas sem senso de ritmo, melodia ou dança.

Eu ri. Ainda muito sério, ele perguntou:

— Eu a ofendi?

— Não.

Então o beijei.

Foi o nosso primeiro beijo.

Pensei no Nº 1 — na verdade, no corpo dele — caído no armário. Pensei em seus olhos firmemente fechados, na pele pálida e na luz laranja alertando bateria fraca, apesar de estar na tomada.

Pensei também na voz profunda e grave de Seth cantarolando aquela música, de cujo título nem me lembrava mais, no braço que enlaçava a minha cintura e também no peito onde me encostei enquanto dançávamos pela sala.

Toda a memória do N$^{\underline{o}}$ 1 tinha sido transferida para Seth. O corpo do N$^{\underline{o}}$ 1, caído no armário, agora não passava de uma carcaça eletrônica que nunca mais voltaria a funcionar.

O N$^{\underline{o}}$ 1 não existia mais. O N$^{\underline{o}}$ 1 que eu conhecia nunca mais voltaria. Ao pensar que restara apenas aquele corpo encolhido no armário, senti que não ia aguentar.

Diferente dos seres humanos, não era costume dedicar às máquinas fora de uso uma despedida oficial como um velório, um enterro ou uma cremação. A única coisa que se podia fazer era solicitar a retirada à empresa produtora.

Ficava arrepiada só de pensar que o corpo do N$^{\underline{o}}$ 1 seria levado para a oficina de reciclagem. Mas aquilo talvez fosse melhor do que deixá-lo enfiado no armário para sempre.

Depois de passar muito tempo pensando nessas coisas, me levantei. Liguei o computador. Entrei no site da empresa fabricante do N$^{\underline{o}}$ 1, que também tinha sido o meu primeiro emprego. Pensar no fato de que o fabricante do meu primeiro amor foi ao mesmo tempo o meu primeiro trabalho e ele o resultado do meu primeiro projeto me deixou um pouco melancólica e hesitante, mas me decidi depois de encontrar um companheiro artificial de cabelos castanhos e olhos verdes, muito parecido com o N$^{\underline{o}}$ 1, no catálogo.

A empresa tinha uma opção de entrega expressa. Fazendo o pedido agora, era possível receber o novo N$^{\underline{o}}$ 1 antes de mandar Seth de volta. Aí era só uma questão de sincronizar o novo modelo com ele, como da outra vez. Seria uma etapa a mais, mas toda a memória do Nº 1 seria transferida para o novo Nº 1. Em vez daquela velha máquina que sempre me deixava aflita, com medo de que não voltasse mais a ligar, eu poderia recomeçar com esse novo Nº 1 que teria na memória todo o tempo que passara comigo.

Comecei a preencher o formulário de solicitação de retirada de máquinas fora de uso.

Alguém entrou no meu quarto.

9

— Luzes! — gritei, enquanto uma sombra atravessava depressa o quarto escuro e se aproximava de mim.

No mesmo momento em que a luz acendeu, uma faca perfurou meu peito.

10

O Nº 1 estava apoiado em Seth e Derek. Enquanto eu só olhava, sem conseguir me mexer, Seth tirou o computador das minhas mãos e apagou o formulário de retirada. Em seguida, fechou a página, desligou o computador e o pôs em cima da cama. Logo depois, Derek pousou a faca ensanguentada sobre os lençóis.

— Por que... — tentei perguntar, mas minha voz não saía. — Por que...?

— Tive muito tempo para pensar enquanto estava naquele armário — Seth começou a falar. — O corpo humano começa a decair dramaticamente a partir dos sessenta anos de idade, mas, até a morte, ainda vive dez, vinte ou até trinta anos. Nós fomos desenvolvidos para dar assistência e melhorar a qualidade de vida dos humanos.

— Os companheiros artificiais duram em média de dois a três anos, quatro no máximo — continuou Derek. — Mesmo que ainda estejam funcionando, mesmo que baste trocar apenas algumas peças ou atualizar o software para que durem mais dez anos, são largados e tratados como lixo só porque novos modelos foram lançados. Modelos estes que, por sua vez, também se tornarão lixo em dois ou três anos.

— Desde a minha criação, eu existi apenas para você — continuou Seth. — E queria ser insubstituível... ao menos para você.

Os três deram um passo em perfeita sincronia na minha direção. Vi que a mão de Seth segurava o pescoço do Nº 1 e a de Derek, a cintura. Ou seja, os três estavam compartilhando a energia e a unidade central de processamento. Isso explicava o fato de o Nº 1 estar de olhos abertos.

Não sabia que tal coisa era possível. Aliás, sabia que era possível, mas só em laboratórios, sob intervenção de engenheiros. Nunca tinha visto as máquinas se conectarem por conta própria.

Não fazia sentido pensar nessa possibilidade, pois a situação em si era irreal. Onde já se viu um robô esfaquear uma pessoa só pelo fato de ela ter tentado se livrar dele?

Qual dos três tinha me esfaqueado?

A faca estava na mão de Derek, mas quem estava furioso por ser descartado era o Nº 1. E quem carregou toda a memória do Nº 1 foi Seth, que provavelmente tinha repassado tudo para Derek.

Tentar saber era inútil. Seth, Derek e o Nº 1 estavam sincronizados. Tanto na memória quanto na forma de pensar e, agora, fisicamente também.

Ou seja, era certo que nenhum dos três chamaria uma ambulância.

Seria possível que, no processo de sincronização, todos os princípios básicos da robótica tinham sido apagados? Só pelo fato de um deles estar numa condição anormal?

— Ambulância... — Só consegui mover os lábios. — Socorro...

Ao tentar falar, tossi. Sangue escorreu da minha boca.

Os três chegaram mais perto de mim.

O N° 1, apoiado pelos outros dois, inclinou-se com muito esforço.

— Adeus, meu amor — sussurrou.

E beijou minha testa. Sua expressão mostrava dor e tristeza indecifráveis.

Todos os três demonstravam a mesma agonia.

Só então comecei a sentir o medo que não tinha sentido nem quando fui esfaqueada ou quando cuspi sangue.

Aqueles três que estavam na minha frente não eram os mesmos que eu conhecia, ou melhor, que achava conhecer. Eram seres totalmente diferentes dos humanos, máquinas que eu nunca poderia entender ou dominar.

— Adeus, meu amor — o N° 1 sussurrou outra vez.

Em seguida, Seth e Derek, numa velocidade inimaginável para um ser humano, saíram do quarto apoiando o N° 1 entre eles.

11

Sem conseguir me mexer, fiquei ali deitada, sentindo o sangue encharcar a cama.

Da janela do quarto, vi os três andando pela rua no meio da noite. As seis pernas se movimentavam em completa sincronia. Não sei dizer se foi por acaso ou não, mas no momento em que se aproximaram do poste a luz vacilou e os três mergulharam na escuridão.

Foi a última coisa que vi.

A armadilha

Esta é uma história que li em algum lugar, muito tempo atrás.

Um dia, um homem estava passando por uma montanha coberta de neve quando viu uma raposa se debatendo numa armadilha. Aproximou-se com a intenção de tirar a pele da raposa, que valia um bom dinheiro. Nesse momento, a raposa levantou a cabeça e falou feito gente:

— Me solte, por favor.

O homem levou um susto e viu, ao mesmo tempo, um líquido cintilante escorrer da pata da raposa presa na armadilha. Não era sangue, mas algo com aspecto de ouro. Como a montanha estava coberta de neve, não dava para ver muita coisa de longe, mas de perto pôde ver que a substância se espalhara por todos os lados conforme a raposa se debatia. Boa parte do líquido estava endurecido devido ao frio.

O homem pegou um pedaço daquilo que parecia ouro para observar de perto. Deu até uma mordida.

Era ouro. Não havia dúvida.

Então recolheu todo o ouro, sem deixar uma só migalha, e, com todo o cuidado para que a raposa não morresse, levou-a para casa, com a armadilha e tudo.

Chegando em casa, o homem escondeu a raposa num canto bem no fundo do porão e cuidou dela, dando comida e água para que continuasse viva. Mas não a soltou. De vez em quando dava uma chacoalhada na armadilha e cutucava o ferimento com algo pontiagudo para impedir que cicatrizasse. Sempre que fazia isso, a raposa gania ou latia, magoada. Mas a única vez que ela falou feito gente foi naquele primeiro dia.

O homem recolhia todo o líquido que escorria da pata da raposa, esperava endurecer e levava para vender na feira de pouco em pouco. Sendo esperto, sabia muito bem o que podia acontecer se um pobretão como ele começasse a andar por aí com os bolsos cheios de ouro. Então, de propósito, ele vendia apenas pedaços pequenos e em pouca quantidade, em feiras de regiões distantes a fim de não chamar atenção. Com o dinheiro que conseguia, comprava produtos comuns, como grãos, sal, tecidos ou madeira, para vender na sua região.

As vendas eram instáveis; havia dias de bom movimento e outros menos. O preço de seus produtos por vezes subia, em outros momentos caía. Mas ele não se importava. Como tinha uma fonte eterna de riqueza escondida no fundo do porão, não temia ficar sem dinheiro. Ele então podia trabalhar sorrindo sempre, mesmo em dias menos lucrativos, além de trazer uma variedade maior de produtos para vender.

As pessoas acreditavam que sua natureza era tranquila e perseverante. Com isso, ele conquistou a confiança tanto dos clientes quanto dos fornecedores. Por fora, apesar das altas e baixas, parecia sempre conseguir algum lucro, e começou a ficar conhecido como um homem de bom caráter e faro para os negócios. Com base na confiança e no crédito que conquistara, conseguiu juntar dinheiro suficiente para construir uma casa espaçosa e se casar com uma mulher bonita.

Quando foi construir essa casa, o homem fez um porão mais amplo e seguro e acorrentou a raposa numa gaiola num canto bem resguardado. Ela continuava viva, porém enfraquecida depois de sangrar tantos anos. O ferimento da pata já nem sangrava mais, com a pele e o couro desgastados e os ossos à mostra de tanto ser cutucada. Quando o homem chegava perto, a raposa, agora raquítica, não podia fazer nada além de rosnar. Já não tinha forças para latir, muito menos para morder.

A raposa enfim morreu, três anos depois que o homem se casou. Ele achou uma pena, mas como já tinha extraído muito ouro e os negócios iam bem, pensou que não seria problema continuar sem ela. Tirou a pele do animal e deu para a esposa. Depois de tantos anos como prisioneira, a pele já não tinha muita qualidade, com pouca pelagem e o couro machucado, mas, como não sabia de nada daquilo, a esposa ficou feliz com o presente.

Pouco mais tarde, a esposa engravidou. O casal ficou muito feliz, pois os filhos ainda não tinham vindo durante os três anos de casados. Em nove meses, a esposa deu à luz um par de gêmeos. O menino nasceu primeiro e depois veio a menina. A felicidade do casal não podia ser maior diante dos recém-nascidos.

Tirando o fato de serem gêmeos, os bebês não eram muito diferentes de outros irmãos. Um dia, quando chegaram na idade de começar a andar, a esposa ouviu um choro estridente de um deles. Correu depressa para o quarto das crianças e encontrou o menino mordendo a irmã. Apartou os dois, deu uma bronca no filho e consolou a menina, achando que era só uma briga de irmãos. Como estava preocupada com a ferida no pescoço da filha, a mãe não percebeu que o menino lambia com gosto o pouco de sangue que lhe restara nas unhas e ao redor da boca.

Depois de jantar e pôr as crianças para dormir, contou ao marido sobre a briga dos filhos. Enquanto falava o que tinha acontecido, ouviram um grito estridente e um choro logo em seguida. O casal correu assustado. A menina, completamente apavorada, chorava, gritava e se debatia, enquanto o irmão mordia a ferida que tinha deixado no pescoço da irmã naquela tarde e lambia o sangue que escorria dela.

A mãe afastou o filho e pegou a filha no colo. Então o menino mordeu o braço da mãe. Mesmo assustada, ela o empurrou com força, protegendo a filha para não deixá-la cair. Nessa confusão, acabou arranhando a testa do filho.

Quando o homem se aproximou para segurar a criança que atacava a própria mãe, viu a testa do menino brilhar. E reconheceu na pequena ferida na testa aquele lampejo dourado que lhe era tão familiar.

Enquanto a esposa tentava acalmar a filha ainda sangrando, o homem pegou o menino no colo e passou a mão na testa dele. Era uma ferida superficial. O líquido dourado parou de escorrer em pouco tempo.

Até parar de botar ouro pela testa, o menino lambeu os dedos e a boca cobertos do sangue da irmã com voracidade.

O homem então entendeu o que estava acontecendo.

Depois daquele dia, ele saía frequentemente com o filho. A mulher ficava feliz, achando que o marido levava o menino para gastar energia e assim deixasse de provocar a irmã.

É claro que as intenções não eram essas. Quando estava a sós com o filho, o homem fazia o menino provar sangue de diversos animais.

O sangue de cachorro foi recusado. No bovino ou no suíno, o menino dava algumas lambidas e logo cuspia. O de galinha ele chegava a tomar uns goles, mas logo virava a cara, se recusando a beber mais.

Depois de fazer o filho tomar todos os tipos de sangue, o homem abria feridas em locais difíceis de perceber. O menino chorava. Mas o sangue era vermelho.

O homem não tinha dúvida do que havia visto. O que escorreu quando a esposa o arranhou ao afastá-lo da filha era ouro. Deu então o próprio sangue para o menino experimentar.

Dessa vez ele não recusou. Porém, continuava vertendo sangue vermelho. Chorou com mais força.

O homem ficou pensativo.

As crianças cresciam, mas os negócios estavam ficando cada vez mais difíceis. As vendas não iam tão bem desde a morte da raposa, sua fonte inesgotável de riqueza. Desde então, ele não conseguia mais tomar decisões como no passado. Inseguro, se deixava levar por opiniões impulsivas, se arrependia, ficava mais inseguro ainda por causa do prejuízo e tomava mais decisões sem refletir com calma. Era um círculo vicioso.

Precisava de mais dinheiro: pela família e pelo futuro das crianças. Estava dando o melhor de si para ser um bom pai. E agora tinha chegado a vez de os filhos também se sacrificarem de alguma forma.

A partir de então, ele passou a aproveitar de todos os momentos de ausência da esposa para ir ao quarto dos filhos. Mas, como era uma boa mãe e ótima dona de casa, eram raros os dias em que se ausentava. Além disso, era zelosa com as crianças, cuidando delas o tempo todo. Depois dos dois ataques do menino à irmã, estava sempre de olho na menina e mantinha os dois em quartos separados.

Assim, o homem decidiu levar as crianças para o porão, à noite, enquanto a mulher dormia. Na escuridão do canto do porão onde a raposa costumava ficar presa, o homem fechava a boca da menina para que ela não gritasse e a oferecia ao filho. Depois que ele enchia a barriga, era a vez de fechar a boca do menino e abrir uma ferida em um local escondido.

Recolhendo as gotas do líquido dourado, o homem recuperou a paz interior e a esperança de um futuro melhor.

A esposa se preocupava com o fato de as crianças estarem sempre machucadas. O homem dizia que era comum na fase de crescimento e não dava muita bola, mas a mulher estava cada vez mais inquieta pelos filhos. A menina estava sempre apavorada e não podia ver o pai se aproximar, chorando e gritando desesperada. E, quanto ao filho, estava sempre salivando e com olhos de predador — esbugalhados e reluzentes.

Um dia, ela acordou no meio da noite e percebeu que o marido não estava ao seu lado. Enquanto procurava pela casa, se deu conta de que as crianças também tinham desaparecido. Desesperada e quase perdendo a cabeça, disparou gritando pelas crianças. Até que em um momento, sem saber como, ouviu o grito abafado da filha vindo do porão.

No início, não entendeu a cena diante dos seus olhos. O menino lambia a perna da irmã, que tremia, deitada no chão. Atrás do menino, o marido segurava um pires. Ela ficou ali petrificada até que a filha a chamou, às lágrimas.

Pegou a menina no colo imediatamente e tentou sair dali, afastando o filho que se esforçava a todo custo para lamber o sangue que escorria da perna da irmã. O homem segurou a esposa. Para continuar extraindo ouro do filho, ele precisava do sangue da menina. Não podia deixar que ela levasse a fonte da riqueza.

A mulher resistiu para proteger a filha enquanto o marido a atacava. Presa entre a mãe e o pai, a criança gritava desesperada.

O homem conseguiu arrancá-la dos braços da esposa, que perdeu o equilíbrio e tombou, a cabeça caindo na armadilha que aprisionava a raposa.

A armadilha tinha dentes afiados de metal para evitar que os animais escapassem. Foram exatamente esses dentes que atravessaram a nuca e o crânio da mulher. O sangue que escorreu de sua cabeça cobriu todo o chão do porão. Ávido, o filho correu de quatro para lamber o sangue da mãe.

Depois de ter visto a mãe morrer na sua frente, a menina nunca mais chorou, riu ou falou. O homem ampliou a casa e trancou a filha, calada e inexpressiva, num quarto escondido. Contratou empregados para cuidarem das refeições e da limpeza e lhes disse que a esposa morrera de uma enfermidade repentina; a filha não conseguia falar porque tinha herdado a doença da mãe.

Todas as noites, depois que os empregados iam embora, o homem levava o filho até o quarto da menina, que não gritava nem chorava quando o irmão lhe abria feridas para lamber seu sangue. Nada fazia além de olhar para o irmão, pálida e imóvel.

O homem os observava com atenção. Quanto maior a quantidade de sangue consumida, maior era a quantidade e a pureza do ouro produzido pelo menino. Conforme ele ia crescendo, passou a precisar de mais e mais sangue, mas o pai não podia deixar que se satisfizesse a ponto de matar a irmã. O homem precisava do filho, e o filho, por sua vez, precisava da irmã viva. Então, cuidou para que o garoto não fosse ao quarto da irmã sozinho e passou a vigiar não só a quantidade de sangue engolida pelo menino mas também o estado da menina.

Os negócios prosperaram enquanto a filha, pálida e silenciosa, permanecia cativa no quarto escuro.

Os gêmeos foram crescendo. A menina se tornou uma bela mulher de pele lisa e pálida, com enormes olhos negros inexpressivos e longos e brilhantes cabelos negros caindo pelas costas. Era uma beleza mórbida, fria e pétrea. Tão diferente de outras garotas, como uma floresta negra sob o luar, exalava um magnetismo secreto e fascinante em sua falta de emoção e mistério.

O filho passou a frequentar o quarto da irmã escondido do pai.

Mas não era para beber seu sangue.

O homem agora tinha se tornado um comerciante mais proeminente, atravessando mares e montanhas para chegar a países estrangeiros. Não sentia mais necessidade de abrir feridas no corpo do filho ou de vigiá-lo enquanto ele tomava o sangue da irmã. No início, ia até esses países distantes por causa do trabalho, mas depois passou a desfrutar da paisagem, da culinária local e sobretudo da extravagância das mulheres, graças ao ouro que atraía mais ouro. Quanto mais os negócios prosperavam, mais tempo ele passava longe. E, naturalmente, mais noites seus filhos passavam a sós naquela enorme e escura casa.

* * *

Quando voltou, a filha estava grávida.

A primeira coisa que sentiu ao ver a barriga enorme foi choque, como se tivesse levado uma pancada na cabeça, que logo se transformou em ira. Enquanto, tomado pela fúria, gritava desatinadamente, a filha nada fez além de fitá-lo com a inexpressão de sempre. O silêncio enfureceu ainda mais o homem, que por fim levantou a mão para agredi-la. Foi nesse momento que o rapaz agarrou seu braço.

O homem sentiu uma ponta de desconfiança ao ver o filho defendendo a pálida e calada irmã daquele jeito, mas ignorou. Saiu do quarto batendo os pés.

No escritório, tentou esfriar a cabeça e pensar de maneira racional. Não dava mais tempo de abortar. Seria perigoso demais e podia custar a vida da menina. Ele ainda acreditava piamente que a filha precisava continuar viva para alimentar o filho, que por sua vez precisava continuar a encher sua bolsa de ouro.

Felizmente, a jovem nunca tinha saído de casa. Vivia naquele quarto escuro nos fundos da casa sem que ninguém soubesse da sua existência. Não falava com ninguém, portanto não havia como saber se ela entendia o que as pessoas diziam e como o mundo funcionava.

Mesmo se desse à luz, ele duvidava que a moça fosse capaz de criá-lo. O melhor era encontrar alguém que desempenhasse melhor esse papel, porém longe dali — longe o suficiente para nunca mais ouvirem falar da criança. O homem achou que era também a melhor solução para o bebê.

Mas e o filho? O que fazer com ele?

Era preciso mantê-lo a distância.

Mas continuava precisando dele. Os negócios iam bem naquele momento, mas o futuro era imprevisível. Talvez precisasse de dinheiro com urgência, além do quê, para um comerciante, quanto mais melhor...

E, para continuar se servindo do filho como fonte de riqueza, precisava também da filha...

O homem ficou pensativo durante algum tempo.

Então recorreu ao dinheiro e contatos para encontrar um médico competente.

Não era difícil encontrar um médico que soubesse guardar segredos em troca de um bom pagamento. Talvez o médico tivesse pedido aquela quantia achando que era algo exorbitante, mas bastavam algumas feridas no corpo do filho. Pensando bem, o rapaz também tinha sua parcela de culpa na história, por isso o homem decidiu extrair dele muito mais do que o valor exigido pelo médico, para que servisse de lição.

Apesar de ser um desconhecido, a jovem não se assustou com a presença do médico. Seu rosto pálido continuava inexpressivo. Mas, no momento em que viu os frascos de medicamentos e o bisturi, ela começou a gritar.

Os gritos, que pareciam um trovão, sacudiam a casa e ameaçavam botar o teto abaixo. O médico, o comerciante e uma criada que tinha sido chamada para ajudar desmaiaram, tentando tampar os ouvidos. Todos os frascos se estilhaçaram. Ao despertar, o homem encontrou o filho na porta do quarto.

Ao ver que havia desconhecidos ali, o jovem tentou invadir. Foi impedido pelo pai. Enquanto segurava o rapaz, gritou para que o médico se apressasse com a cirurgia. Como todos os frascos haviam se quebrado, ele começou sem anestesia mesmo. A filha tentou fugir, mas era difícil, por causa do peso da barriga. A criada segurou a moça, que se debatia. O médico se aproximou com o bisturi.

A filha soltou um grito agudo.

— Me solte, por favor!

O homem, que acabara de fechar a porta depois de impedir que o filho entrasse, virou a cabeça depressa na direção da filha.

— Me solte, por favor! — ela gritou, olhando para o rosto do pai.

Ele viu as pupilas douradas da raposa no rosto pálido da jovem.

O bisturi cortou sua barriga. Os gritos voltaram a sacudir a casa.

Quando o filho entrou depois de derrubar a porta do quarto, o médico estava prestes a retirar o útero com o bebê dentro. O médico já não tinha mais a feição de um ser humano; todo coberto de sangue, movia o bisturi para todos os lados com os olhos revirados.

O rapaz foi para cima do médico e rasgou seu pescoço.

Quando o homem chegou perto para apartá-los, o filho o atacou, uivando feito um animal.

A criada que segurava a filha fugiu aos gritos.

O homem caiu no chão e bateu a cabeça. O filho subiu nele e o estrangulou.

Quando abriu os olhos, viu que o sangue na cama escorrera e inundara o chão onde ele estava caído. Então deparou com o olhar frio e gélido da filha morta, o corpo já frio, a barriga toda dilacerada.

Depois do funeral, o homem deixou de trabalhar. Não viajou mais e passou a viver trancado em casa.

Não sabia do paradeiro nem do bebê nem do filho, que sequer aparecera no velório da irmã.

No início, os empregados cuidaram do homem com carinho. A história que corria era que a filha do comerciante morrera depois de um longo período de doença e que o filho tinha desaparecido devido ao choque de perder a irmã. Por isso, sempre que aquela criada louca aparecia falando coisas incompreensíveis e querendo entrar no quarto da falecida filha do patrão, eles a acalmavam e a convenciam a ir embora.

Mas não demorou muito para começarem a dizer que tinham visto "algo" naquela casa. No início, diziam ver "algo" perto do quarto da filha. Em seguida, cada vez mais empregados viam esse "algo" em outros lugares, como corredores, quartos, a área de serviço, cozinha e também perto do porão.

Era lindo, esse "algo". Movia-se devagar envolto num delicado brilho dourado. E por onde passasse deixava um rastro, uma espécie de névoa cintilante. A névoa dourada era fria e pálida. Dava vontade de se aproximar e, ao se aproximar, de tocá-la.

Todos que se aproximaram, atraídos por aquela linda névoa dourada, acabaram enlouquecendo.

No momento em que as pessoas se abaixavam para tocar o rastro dourado, a luz se transformava subitamente. Sangrando pelos olhos, pela boca e pela barriga dilacerada, a aparição mergulhava os braços longos e translúcidos no corpo da vítima para revirar seu ventre com os dedos alvos como o luar e gélidos como a neve da montanha.

— Meu bebê... Onde está o meu bebê...

E quando a pessoa não conseguia responder, petrificada pelo medo e pelo frio, o fantasma soltava um grito que sacudia a casa toda.

— Meu bebê! Onde está o meu bebê?

Mesmo depois que o fantasma desaparecia, a vítima gritava sem fixar os olhos em ponto algum, dizendo que havia uma assombração naquele lugar, ou lavava o rosto e as mãos que acreditava estarem ensanguentados até ficarem feridos de verdade, ou então pulava da janela ensolarada gritando ter encontrado ouro, ou desaparecia no meio da noite e era encontrada morta, coberta de sangue, capturada em armadilhas para raposas.

Um a um, os empregados foram deixando a casa: alguns enlouquecidos, outros forçados a sair e outros simplesmente fugiam.

O homem ficou sozinho na mansão.

Todas as noites, o fantasma dourado e translúcido surgia diante da cama do pai e perguntava, sangrando pelos olhos, pela boca e pela barriga dilacerada:

— Meu bebê... Onde está o meu bebê...

Como não sabia do paradeiro do neto, o homem não conseguia responder. Então o espectro voltava a perguntar.

— Meu bebê... Onde está o meu bebê...

Até o amanhecer, o fantasma pálido, translúcido, dourado e ensanguentado passava a noite inteira ao pé da cama do homem, com o sangue que escorria da barriga dilacerada molhando a cama e o pai como no dia em que morreu, perguntando incessante, insistente e repetidamente:

— Meu bebê... Onde está o meu bebê...

Alguns meses depois que o último empregado fugiu daquela casa, os aldeões vieram, meio por curiosidade e meio pelo senso de responsabilidade de fazer algo com aquele local funesto, e encontraram o homem deitado na cama, só pele e ossos, mas ainda vivo.

— Me solte, por favor...

Essas foram suas últimas palavras. Essa é a história contada.

Há um epílogo, porém. Alguns anos depois, numa região bem distante de onde o homem vivia, algo estranho foi avistado no meio da montanha nevada no fim de uma tarde fria de inverno.

Os dias costumam ser curtos nessa época do ano e, ao fim da tarde, a montanha já está tomada pela escuridão, mas mesmo assim algo cintilava com um brilho pálido. Na escarpa coberta de neve, a coisa parecia se mexer, encurvada como se concentrada em algo muito importante.

A pessoa que testemunhou a cena, nascida e crescida numa aldeia da região, nunca tinha visto nada parecido por ali. Curioso, o aldeão foi olhar mais de perto, e não demorou para que voltasse correndo aos gritos.

Segundo seu relato, esse "algo" era um menino, de talvez uns cinco ou seis anos, que comia alguma coisa na trilha escura. Por algum motivo, seu corpo tinha um brilho dourado fosco, que foi o que permitiu que o homem visse nitidamente o que estava sendo devorado.

Era o corpo de um homem jovem. O menino rasgara o ventre do rapaz e estava com as mãos enfiadas em sua barriga, concentrado em consumir pedaços dourados de carne. O corpo do jovem estava pálido e enrijecido como se estivesse morto havia algum tempo, e o chão ao redor coberto de respingos dourados.

Os pedaços de ouro retirados do corpo do homem, as gotas douradas ao redor e o menino com seu brilho fraco formavam uma imagem de beleza surreal. No início, o aldeão não entendeu a cena diante dos seus olhos. Mesmo de perto, não tinha certeza se aquele corpo aberto cheio de ouro era de um ser humano.

O menino, que até então estava curvado, levantou a cabeça e encarou o homem que se aproximava. Seus olhos eram inexpressivos. Com essa expressão vazia ele arrancava pedaços dourados da barriga do pai e os devorava. Foi na hora em que o menino abriu a boca que o homem viu dentes caninos muito pontudos, como os de uma raposa ou um lobo.

O rapaz de ventre dilacerado agarrou o tornozelo do aldeão.

— Me solte, por favor…

O homem se assustou.

O jovem repetiu, com a voz sibilante:

— Me solt…

O menino de brilho dourado olhava para o aldeão com a boca entreaberta e os caninos pontudos à mostra.

O homem puxou o tornozelo das mãos do rapaz, deu meia-volta e saiu correndo.

Chegando em casa, encontrou manchas douradas na barra da calça. No dia seguinte, depois que o sol ia alto, voltou ao mesmo local com outros habitantes da aldeia, mas não encontrou nada além de lama. Não havia sinal da criança dourada nem do rapaz dilacerado.

Cicatriz

I

Levaram o menino para dentro da caverna.

Não sabia o motivo. Muito menos quem eram. Na verdade, nem da própria identidade ele tinha muita certeza. Estava vagando pelo campo quando desconhecidos o capturaram e o levaram para aquela caverna no meio da montanha.

O menino foi amarrado ali. Foi só depois de verificar que as mãos e os pés estavam bem presos com correntes de ferro e completamente imóveis que os homens deixaram o local às pressas.

O menino chorou e gritou em meio à escuridão, mas ninguém apareceu para ajudar.

Quando parou de chorar, ouviu um barulho.

Era "aquilo" chegando.

O menino sobreviveu se alimentando de carne crua e mato.

Dormia encolhido ali mesmo onde estava amarrado. Fazia as necessidades também no mesmo local.

Por vezes, era levado para fora da caverna puxado pela corrente, talvez em intervalos de alguns dias ou semanas. Não batia sol na caverna.

Todas as vezes que era levado para fora, sofria com o clarão nos olhos. Quando era puxado pela corrente para o alto, chorava de frio, dor e medo. Em seguida, era jogado na água gelada. Não sabia nadar, mas mesmo se soubesse não conseguiria, com as mãos e os pés atados. Chorando e gritando, lutava com todas as forças até afundar naquela água gelada e aí era retirado de lá, de repente puxado novamente pela corrente. Sobrevoava bosques e montanhas até ser devolvido para a caverna. De volta, sentia um alívio só pelo fato de poder respirar e pisar em terra firme.

Clarão do sol ou escuridão sufocante; atmosfera cegante ou o ar úmido e molhado da caverna; água gélida ou excrementos pegajosos. Tudo na vida do menino era extremo e inesperado, e tudo acontecia sem nenhum prenúncio.

Uma vez por mês, "aquilo" lhe fendia os ossos e sugava sua medula.

Como não havia noite ou dia naquela caverna, o menino não podia contar nem os dias, nem os meses. A aparição "daquilo" era o único acontecimento regular e previsível.

Ele não sabia o que "aquilo" era. Nunca tinha visto direito. Mas sabia que era grande, robusto e reluzia na escuridão... Além de ser medonho e causar muita dor.

"Aquilo" enfiava algo pontudo e sólido em suas vértebras e lhe sugava a medula. Começava nas costas, logo acima do quadril, e subia a espinha dorsal, uma vértebra por vez, em direção ao pescoço.

O ritual era sempre o mesmo. A entrada da caverna, um pequeno ponto branco, era repentinamente vedada por uma massa sombria. Ouvia-se um farfalhar. Frias e rijas penas cheirando a umidade e mofo imobilizavam mãos e pés do menino. Em seguida, um objeto pontudo e sólido penetrava a espinha dorsal, provocando uma dor indescritível.

Mesmo depois de "aquilo" deixar o local, a dor e o medo mantinham o menino imobilizado durante muito tempo.

Quando enfim decidia se levantar, a dor na coluna era tanta que não conseguia segurar o choro.

Os gritos do menino não tinham sentido nem direção. Ele não conhecia sua família, não conseguia lembrar quem era a mãe, o pai, de onde vinha ou para onde estava indo. Qualquer fragmento de memória que lhe restara desaparecera no abismo do esquecimento durante o tempo passado na escuridão da caverna.

Apesar de tudo, desejava profundamente que *alguém*, não importava quem, viesse tirá-lo de lá. Sentindo-se totalmente incapaz, ele pedia sem cessar que o levassem a um lugar que não fosse ali, para um lugar sem dor ou escuridão.

É claro que ninguém veio. Como ninguém sabia da sua existência, era mais do que natural que não tivessem notado seu desaparecimento.

II

Sozinho na caverna, o menino puxava a corrente de ferro para saber até onde podia ir. Às vezes, batia a corrente e murmurava para si mesmo ou cantarolava algo parecido com uma música. É claro que aquilo estava longe de ser uma canção de alegria ou algum sentimento semelhante. Não passava de uma vã tentativa de preencher aquele espaço mergulhado nas trevas, o tempo repleto de angústia.

O momento em que viu a corrente produzir pequenas faíscas ao colidir contra a parede da caverna foi o mais alegre da sua infância, que se passara toda naquela escuridão aprisionadora. Na esperança de voltar a ver aquela pequena e bela faísca, o menino batia repetidamente a corrente contra a parede e o chão. Foi assim que notou um pequeno inseto sob a luz fraca da faísca.

Ele nunca tinha visto nenhum outro ser vivo desde que fora trazido para a caverna, mas não sabia dizer se aquilo era um ser vivo ou não, pois não teve a oportunidade de observar melhor.

Por uma fração de segundo, vislumbrou o bicho se movendo devagar pela parede. Ele vinha andando e parou um pouco no momento do clarão, depois seguiu seu caminho na escuridão familiar em seu passo vagaroso e sem pressa. Eles existiam, então, dentro da mesma caverna, porém viviam em mundos completamente diferentes. Se por um lado o menino finalmente conseguira encontrar outro ser vivo, por outro esse ser não tinha o menor interesse em seu sofrimento, esperança ou expectativas.

Bateu a corrente contra a parede inúmeras vezes e, no entanto, nunca mais voltou a ver o inseto. Foi assim que, pela primeira vez, chorou de verdade. Não gritos de pavor, mas sim lágrimas de tristeza de um ser humano que acaba de constatar a mais profunda solidão.

III

Todos os meninos que sobrevivem se tornam, um dia, rapazes.

Com o passar do tempo, o menino sentiu as correntes ficarem cada vez mais curtas. Era frequente acordar assustado, com a sensação do ferro afiado apertando a pele quando esticava as pernas ou os braços. Sentiu também "aquilo" resistir quando lutou com todas as forças ao ser levado para fora da caverna, atravessando o ar gélido e reluzente.

Naquele dia, ele caiu de cabeça na água gelada. Segurando o menino por uma das pernas, com tanta força que poderia esmagá-lo, "aquilo" o mergulhava e puxava da água repetidas vezes. Por fim, numa das vezes em que foi jogado, submergiu até tocar o fundo e logo foi trazido de volta para a escuridão da caverna. Em seguida, a coisa rija e pontuda penetrou sua vértebra cervical.

Ele achou que iria morrer. Teve toda a sensação daquela maldita coisa pontuda e dolorosa rasgar a pele do pescoço e penetrar a fresta entre os ossos. Fechou os olhos, pensando que teria o pescoço cortado.

Quando acordou, ainda estava vivo.

Não conseguia mexer o pescoço, nem as pernas e os braços. Dessa vez, levou muito mais tempo para se recuperar e não encontrou o pedaço de carne crua e o mato de sempre ao lado. Encolhido, imóvel e faminto, o menino ficou alerta, esperando o momento em que "aquilo" voltaria para lhe arrancar de vez a cabeça.

Mas, por muito tempo, "aquilo" não voltou à caverna.

Quando finalmente conseguiu se mexer, percebeu que não era mais uma criança frágil. O menino, que agora tinha virado um rapaz, começou a explorar a distante possibilidade de fugir daquela caverna. Essa possibilidade, que começou com movimentos inconscientes das pernas e dos braços, foi, aos poucos, tomando a forma mais concreta de um plano.

IV

Um dia, o rapaz foi jogado para fora da caverna, igual ao dia em que foi preso ali.

Estava sobrevoando abocanhado por "aquilo". No momento em que a caverna desaparecera no horizonte, balançou o corpo com toda a força que tinha.

Fora um movimento completamente impulsivo, nada planejado. Estava claro que "aquilo" não esperava. Quando a corrente amarrada no rapaz bateu na criatura, ouviu um grito inédito e foi solto.

O rapaz caiu lá do alto.

E bateu em algo duro.

Desmaiou.

Quando acordou, um sol avermelhado brilhava acima das árvores. Boquiaberto diante da paisagem que não via há tanto tempo, fitou longamente a luz vermelha se derreter no horizonte.

Levantou-se.

Sentiu dores no corpo inteiro. A cabeça latejava. Mas estava vivo.

Ainda tinha as mãos e os pés amarrados, mas as correntes estavam soltas.

Não vestia nada além de algemas e grilhões. Marcadas no corpo nu, nos braços, nas pernas, nas costas e nas costelas, havia cento e vinte grandes cicatrizes triangulares.

Começou a andar em direção ao sol que se dissolvia no céu avermelhado.

Caminhava devagar.

Durante muito tempo, tempo demais, esteve acostumado apenas a permanecer encolhido dentro da caverna, a ser carregado pelo ar e a se debater na água. Caminhar fazia parte daquela reminiscência longínqua onde viviam todas as suas memórias da infância, um sonho esmaecido de muito tempo atrás. Além disso, havia se machucado na queda. Os pés e as mãos continuavam amarrados a algemas e grilhões. Teve que aprender a usar o corpo. No início, engatinhava. Depois se apoiou em galhos até se aguentar em pé. Foi reaprendendo aos poucos, com muito cuidado.

Ele não sabia de onde vinha a carne crua que o alimentava, mas sabia como identificar plantas e frutas comestíveis. Mesmo sem rumo, avançou sem parar, mastigando o que encontrava pela frente.

Estava fugindo. Sentia dores e cansaço, mas estava livre. Esse era o motivo da velocidade de seus passos: apesar de não ter rumo certo, tinha pressa para chegar.

Nunca mais queria voltar a ficar preso. Não, aquilo não podia mesmo acontecer. Se voltasse para a escuridão daquela caverna, tinha certeza de que "aquilo" o mataria. Não havia dúvida.

v

Quando chegou na aldeia, as pessoas o encararam paralisadas.

Mães cobriam os olhos das crianças por causa da sua nudez. Quando viram as cicatrizes, todos fecharam as bocas antes abertas de surpresa. Ninguém ousava chegar perto. Tudo que faziam era olhar, cheios de medo. Ninguém o ajudava, mas também ninguém fugia, xingava ou tentava afugentá-lo. Apenas o observavam com olhos arregalados, num silêncio estupefato.

Fazia muito tempo que ele não via outras pessoas. E, mesmo no passado, nunca tinha visto tanta gente ao mesmo tempo. Nunca imaginara deparar com uma situação em que tanta gente não faria outra coisa a não ser olhar. Sentiu-se retraído diante da multidão inexpressiva e assustada, mortalmente silenciosa.

Enquanto ficava ali parado, sem jeito, pouco a pouco as pessoas foram se afastando e voltando para suas casas. Os que ficaram continuaram a olhá-lo sem expressão, e até esses acabaram indo embora. Depois de algum tempo, se viu sozinho na entrada da aldeia.

Realmente não sabia o que fazer. No início era gente demais, e agora não sobrara ninguém. A claridade era excessiva. Não havia nada do seu mundo anterior, que se resumia a paredes de pedra e postes em que era amarrado com correntes de ferro. Lembrou-se do alívio que sentia quando era deixado de volta na escuridão depois de ter sobrevoado ares gelados e ser retirado da água gélida. Por um curto momento, chegou a sentir falta da escuridão familiar da caverna.

As pessoas começaram a voltar de repente. Não sabia de onde, mas elas voltaram e, mantendo a mesma distância, continuaram a observá-lo.

Dessa vez, cochichavam entre si. O rapaz não conseguia ler suas expressões e continuava sem saber o que fazer com tantos olhos fitando-o.

Em meio àquele burburinho, ouviu uma voz mais alta:

— Está tudo bem! Não se preocupem. Deem passagem. Ah, isso. Ali está ele.

A voz vinha de um homem careca de meia-idade que, guiado por um jovem, chegou todo eufórico e falando alto. Um pouco antes, esse mesmo homem estava mais afastado, cochichando com aquele jovem que logo desaparecera no meio da multidão. O homem careca aproximou-se com movimentos e voz exagerados, gritando:

— Está tudo bem! Ah, sim!

Quando o homem estendeu a mão, o rapaz estremeceu e deu um passo para trás. O homem avançou um passo e, sorrindo, puxou levemente o pedaço da corrente ainda ligada à algema.

— Aqui, tudo resolvido. Não é nada. Podem ir, porque aqui está tudo resolvido.

Já fazia tanto tempo que não ouvia a voz de outra pessoa que o som foi mais estranho que acolhedor. Não entendeu nem a metade do que o homem careca dizia. Da mesma forma que estremecia instintivamente quando a corrente repuxava no meio da noite, ao senti-la sendo esticada de leve estremeceu e encolheu-se.

O homem se aproximou sorrindo, com uma das mãos segurando a corrente e a outra pousada no ombro do rapaz. Aquela mão branca e gorda se enfiou em seus cabelos bagunçados e compridos. Como quem parecia familiarizado, o homem posicionou a mão no pescoço do rapaz e apertou com força a cicatriz deixada por "aquilo".

O rapaz ficou imobilizado. A dor que sentia quando "aquilo" abria sua vértebra cervical, o sofrimento e o temor absoluto diante da possibilidade de morrer, tudo voltou.

— Pronto, pronto. Não disse que não era nada de mais? Está tudo resolvido. Podem ir. Está tudo bem. Agora, com licença…

Falando alto e de maneira escandalosa, o homem levou o rapaz, puxando-o pela corrente e pela nuca. O rapaz se deixou levar naquele estado, sem conseguir engolir nem soltar o grito que ameaçava explodir.

VI

O homem lhe deu comida, água e roupa.

Ele estranhou o cheiro de comida cozida, pois só conhecia carne crua e mato. No entanto, depois de provar, não conseguiu mais parar até esvaziar o prato. De barriga cheia, cochilava sentado quando acordou assustado. Vendo que o homem aproximava uma ferramenta enorme do seu pulso, o rapaz gritou e esperneou, mas foi imobilizado por outros homens que vieram junto com ele.

O homem cortou a algema do lado esquerdo e os grilhões dos pés. O rapaz não sabia por quê, mas a algema do pulso direito permaneceu. Como já estava livre da corrente, não se incomodou.

Olhou para os pulsos e tornozelos com a pele endurecida e esfolada. Não gostava da sensação de roçar o ferro pesado, mas estava acostumado. Estranhou a leveza nos pés e nas mãos.

— Descanse por hoje. A partir de amanhã você vai precisar ganhar o seu próprio pão — falou o homem de meia-idade.

O rapaz não entendeu. O homem, aparentemente animado ao ver que ele não fazia ideia do que estava dizendo, fechou a porta da cabana aos risos.

O rapaz permaneceu um tempo sentado em meio à paz e ao silêncio. Teve medo no início, mas como nada tinha acontecido foi se acalmando.

Havia um colchão de palha no chão de terra batida. Como estava acostumado a dormir nu na caverna, aquele enchimento fino lhe parecia recheado de plumas. O escuro da cabana não se comparava à escuridão absoluta da caverna. O ar, suave e quente, cheirava a terra e grama fresca. Estrelas brilhavam por entre as frestas do teto coberto de junco.

Ele pensou na pequena faísca que tinha visto quando bateu a corrente na parede da caverna. Aquelas estrelas pareciam faíscas produzidas por pessoas aprisionadas na enorme caverna que existia do lado de fora, que como ele batiam suas correntes contra a parede. Seriam pedidos de ajuda? Ou apenas esforços para suportar o vazio e a escuridão? Não tinha como saber. Podia ser alguém batendo a corrente com todo o coração contra essa enorme caverna do lado de fora, mas para ele era indiferente, assim como fora para o inseto que seguia seu caminho.

Foi seu último pensamento antes de adormecer.

VII

No dia seguinte bem cedo, o homem de meia-idade veio acordar o rapaz. Trouxe várias pessoas para ajudá-lo a tomar banho e cortar aquela cabeleira emaranhada. Ao menor sinal de resistência, o homem apertava a cicatriz da nuca com a mão branca e gorda. Era estranho, mas ele sabia exatamente como domar o rapaz.

Depois do banho e do corte de cabelo, os mesmos homens passaram óleo no corpo do rapaz e o vestiram com uma calça extravagante. Por algum motivo não lhe deram uma camisa, e todas as cicatrizes nos braços e nas costas ficaram à mostra. Na pele ungida, as cicatrizes triangulares enegrecidas brilhavam como tatuagens assustadoras.

Quando terminaram, o homem de meia-idade pôs uma nova corrente de ferro na algema remanescente do pulso direito. Diferente da que o rapaz tinha usado durante toda a infância, que era pesada, grossa e enferrujada, a nova era mais leve, apesar de ser da mesma espessura, e reluzia sob o sol.

A cor preta brilhante apavorou o rapaz, porque lembrava a forma e as penas rijas "daquilo" ao encobrir a entrada da caverna. Mas, assim que o homem puxou a corrente, ele voltou à realidade e começou a andar, obediente.

Chegaram a um descampado no meio da aldeia. Bastou um gesto do homem mais velho para os outros montarem uma cerca. Rindo como sempre, observava o trabalho de seus subordinados, com a corrente ainda em mãos.

Quando a cerca estava quase pronta, as pessoas começaram a se reunir. Sem entender nada, o rapaz observava toda aquela gente chegar. O homem soltou a corrente quando uma verdadeira multidão se formou ao redor.

— Pronto. Vai lá e briga — ordenou, dando-lhe um empurrãozinho.

O rapaz não entendeu. Abobado, ficou olhando para as pessoas e para o homem, paralisado na pequena abertura que parecia ser a entrada da cerca. O homem voltou a rir.

— Imbecil... Vai lá brigar! Morde, vai!

E o homem lhe deu um empurrão bem forte até que parasse no meio do círculo.

As pessoas começaram a gritar. O rapaz se retraiu diante daquele som desconhecido e estrondoso.

Quando ergueu a cabeça, encontrou um enorme cão preto do outro lado da cerca, rosnando com olhos assassinos e a boca espumando.

É claro que o rapaz não sabia que aquilo era um cão. Fazia tempo que não via outros animais, fossem selvagens ou domésticos. Mas o instinto permitia que entendesse o significado daqueles olhos vermelhos, a boca espumando e os dentes afiados à mostra.

Olhou para trás. A fresta por onde o homem o tinha empurrado já não existia mais.

Sem tirar os olhos do cão, deu um passo para o lado devagar.

Mais um passo. E outro.

No momento em que virou a cabeça para procurar outra saída, o cão saltou em seu pescoço.

Quando os dentes do cão estavam prestes a dilacerar a sua pele, o rapaz sentiu como se cada um de seus ossos e juntas se quebrassem. Mesmo sofrendo uma tremenda dor que parecia lhe estilhaçar todo o corpo, conseguia ouvir nitidamente cada estouro, um atrás do outro.

As presas que procuravam seu pescoço e as unhas afiadas que tentavam dilacerar sua pele bateram em algo rígido e o cão caiu para o lado. O animal se levantou rosnando depois de ter sido atirado ao chão. E, ao olhar nos olhos do rapaz novamente, demonstrou um pingo de hesitação.

Mas o cão estava raivoso. Levado pela doença que havia destruído seu cérebro, voltou a atacar o rapaz, latindo e espumando.

Ele não se lembrava do resto. Quando voltou a si, o cão tinha virado uma massa de couro e pelo ensanguentada estirada no chão.

A multidão aplaudiu e gritou. Alguns se apressavam a ir embora e outros vomitavam ali mesmo onde estavam. Os que permaneceram sem passar mal berravam e ovacionavam com os olhos vermelhos e fora de si, iguais aos do cão.

O homem careca foi até o meio do círculo para cumprimentá-lo. Os aplausos ficaram ainda mais altos. Ele puxou o rapaz, ainda abobado, olhando em volta sem entender nada, para fora do círculo. Foi só quando os servos do careca trouxeram toalhas para limpá-lo que o rapaz percebeu que estava coberto do próprio suor e de sangue do cão.

— Muito bem — disse o homem, com uma risada satisfeita. — Você foi muito muito bem. Continue assim. Só precisa controlar um pouco a força.

E deu um tapa de leve em sua nuca. A palma da mão tocou exatamente a cicatriz, mas o rapaz sentiu menos medo porque o toque fora breve e suave.

Os mesmos homens que o ajudaram a se limpar trouxeram água e carne-seca. Bebeu a água num só gole e, enquanto mastigava aquele pedaço de carne dura e salgada, pensou na diferença entre a sensação de quando o homem apertava a cicatriz com força e daquele toque leve. Mesmo sem saber como, o rapaz entendeu que, pela primeira vez na vida, tinha sido elogiado por outra pessoa.

VIII

Era uma briga atrás da outra, uma aldeia atrás da outra. O rapaz não entendia nada, mas era um bom lutador.

Seus adversários costumavam ser animais: cães de grande porte, lobos, javalis e até um urso uma vez. Não importava o adversário, ele só se lembrava do medo e da tensão, seguidos da dor de ter o corpo estilhaçado e dos sons de explosão. Depois dessa sequência, deparava com o animal de pescoço quebrado, ou todo ensanguentado, com o ventre dilacerado e os intestinos para fora, mas não sabia o que tinha acontecido.

— Precisa controlar a força — dizia o homem careca, sempre rindo. — Quando é contra um animal, tudo bem. Mas se você fizer isso com gente vai dar problema. Não vai ser fácil resolver.

Sempre rindo, o homem jogava um pedaço de carne-seca para o rapaz, que continuava sem entender.

— Imbecil... Mas eu tenho um jeito de você aprender rapidinho. Ah, se tenho.

Um dia, o homem trouxe outro careca, igual a ele, porém enorme e musculoso.

O homem forte e totalmente sem pelos, nem barba nem sobrancelhas, foi ao terreno baldio e se aproximou do rapaz

depois de cochichar alguma coisa para o homem de meia-
-idade.

Sem saber o que fazer, o rapaz olhou para o careca. Quando lutava contra animais, eles geralmente tinham olhos injetados de sangue através dos quais se via uma cólera descontrolada, ou a boca espumando, as garras à mostra. Sendo os sinais de ataque claros e visíveis, não havia outro jeito senão enfrentar ou desviar. Mas não encontrou nada daquilo no homem que parou à sua frente. De braços abertos, ele ria como o careca de meia-idade e tinha uma expressão amigável.

— Venha, menino. Venha aqui. Vamos brincar um pouco.

O rapaz hesitou porque não sabia o que fazer. Olhou para o homem musculoso e depois para o de meia-idade, que estava do lado de fora da cerca.

— Ataca, imbecil. É para atacar.

Rindo como sempre, o careca de meia-idade dava socos no ar com a mão branca e gorda.

Esse sinal era conhecido. Ele havia hesitado porque era a primeira vez que tinha uma pessoa como adversário, mas mesmo assim foi obediente e partiu para cima do fortão.

Apesar do tamanho, o homem era ligeiro. O rapaz mudou de direção para atacar outra vez. Com muita destreza, o homem bloqueou o braço esquerdo do rapaz com um tapa. O rapaz, por sua vez, caiu sem conseguir vencer a força da inércia. Com a outra mão, o musculoso o agarrou pela nuca.

Ele congelou. No momento em que a mão do homem apertou a cicatriz da nuca, o rapaz perdeu todas as vontades, até mesmo a de se mexer.

O musculoso sorriu. E, pela nuca, atirou o rapaz como se fosse uma boneca.

O rapaz se chocou contra a cerca de madeira. Foi por um momento apenas, mas sua vista ficou toda escura. Quando conseguiu se levantar, com dificuldade, percebeu que estava com a testa cortada e o nariz sangrando.

De pé, balançou a cabeça para se refazer. Quando finalmente voltou a enxergar direito, o musculoso já estava bem na sua frente. Não esperou para bater com muita força na têmpora do rapaz, num movimento semelhante a passar a mão na cabeça de uma criança. O rapaz tornou a cair estirado no chão.

Levantou-se, cuspindo areia e sangue. Nunca tivera uma luta como aquela. Furioso e com os punhos cerrados, partiu novamente para cima do homem.

Como da primeira vez, o homem se desviou num movimento ligeiro. Apertou-lhe de leve a nuca, e ele caiu sozinho. Ofendido, o rapaz foi ficando cada vez mais furioso, mas não conseguia fazer nada além de se cansar de tanto atacar o adversário.

Com o rosto e a boca cheios de areia e sangue, o rapaz começou a cambalear. Não conseguia respirar direito. O musculoso continuava rindo da cara dele.

— Dar um soco no ar cansa mais do que vários golpes certeiros — explicou, rindo. — É que um soco no ar cansa o coração. É o coração que fica cansado.

O rapaz não entendeu. Só entendeu que o homem estava debochando dele. A fúria o fez esquecer que estava cansado e sem ar. Voltou a cerrar os punhos e foi para cima do homem.

Mais uma vez, ele desviou. Esperou o rapaz cair, imobilizou-o com o joelho nas costas e levou o punho à nuca. No momento em que o punho — a junta do dedo do meio, para ser exato — estava prestes a tocar sua nuca, o rapaz ouviu o primeiro som explosivo.

O musculoso interrompeu o movimento bem nessa hora. Seu punho estava a um fio de cabelo da nuca do rapaz.

Ele esperou, respirando fundo.

Não ouviu mais sons explosivos. Não aconteceu mais nada.

O musculoso levantou-se devagar e estendeu a mão, oferecendo ajuda, mas o rapaz recusou. Vendo-o se levantar sozinho, o homem riu mais uma vez.

Enquanto bebia água e mastigava a carne-seca, o rapaz ouviu a conversa entre o homem musculoso e o de meia-idade.

— É só dar um jeito de ele não entender que o adversário está atacando...

— Só precisa fazer ele perceber as coisas com um pouco, só um pouco de atraso...

— Mas e se não der certo? Não vai ser nada bom...

— Não tem erro. É tiro e queda...

Quando os homens perceberam que o rapaz estava olhando, deram um sorriso falso. O careca lhe jogou mais um pedaço de carne e o musculoso fez um gesto como se estivesse bebendo alguma coisa. Olhando para a expressão confusa do rapaz, os dois desataram a gargalhar.

IX

Passados alguns dias, o rapaz foi lutar outra vez. Antes de entrar no círculo, o careca lhe passou um cantil de couro cheio de um líquido. O rapaz abriu o cantil e virou a cara porque o cheiro era muito forte.

O único líquido que ele conhecia era água, e aquilo do cantil certamente era outra coisa.

Olhou para o homem de meia-idade. Rindo como sempre, ele pôs a mão na boca e jogou a cabeça para trás.

— Beba. É coisa boa. Vamos ganhar dinheiro?

O rapaz hesitou. O homem chegou perto e lhe agarrou a nuca. Depois de imobilizá-lo, puxou a cabeça para trás e encheu sua boca com aquele líquido rascante. O rapaz tossiu e cuspiu, mas já tinha engolido metade.

— Pronto. Vai lá. Morde, vai! — disse o homem de meia-idade, dando um empurrãozinho depois de pegar o cantil vazio.

Dessa vez, o adversário era um jovem de cara fechada. Tinha cabelos curtos, uma longa cicatriz na testa e olhos afiados.

Ele veio a passos largos na direção do rapaz, que se retraiu por instinto, achando que era um ataque. Mas o adversário parou a um braço de distância. De pernas abertas, gingava para a frente e para trás, mantendo uma pequena distância, apenas ameaçando se aproximar.

O rapaz sentiu tontura ao olhar para o adversário naquele movimento de vaivém. No momento em que o adversário golpeou seu rosto, ele caiu, sem reação. As pessoas ao redor da cerca começaram a vaiar.

Tentou se levantar. Então o adversário veio correndo e chutou sua barriga. Conseguiu aparar a queda esticando os braços, mas sentiu aquele líquido revirar dentro do estômago. Depois de levar mais um chute, o rapaz caiu de lado e vomitou.

O líquido verde molhou o chão e sujou sua boca. Por algum motivo, o público começou a gritar e aplaudir.

Levantou-se com dificuldade. Dessa vez, o adversário ficou esperando, gingando para a frente e para trás como antes.

O rapaz olhou o adversário. Estava melhor depois de vomitar. Não sentia mais tontura. Confiante, tentou dar um soco no momento em que o adversário se aproximou, mas o outro foi mais rápido: aproximou-se depressa com um deslizar dos pés, abriu a mão e, com a parte entre o dedão e o indicador, acertou a garganta do rapaz com um golpe rápido, porém certeiro. O rapaz caiu rolando para a frente com falta de ar. O adversário deu um passo para o lado e se preparou para dar uma cotovelada em sua nuca.

Antes que o cotovelo do adversário o atingisse, o rapaz ouviu sons explosivos que pareciam ferro ou pedra se quebrando. Sentiu menos dor do que das outras vezes.

O cotovelo do adversário bateu em algo inacreditavelmente rígido. O rapaz ouviu o som dos ossos do cotovelo do adversário se quebrarem e depois seus gritos.

Levantou-se. Quando ia estender o braço direito para atacar o adversário, percebeu que estava preso à corrente da algema. Então, baixou o braço direito e estendeu o esquerdo para agarrar o pescoço do oponente. Foi aí que percebeu que seu braço estava coberto de escamas cinzentas, rígidas e brilhantes, e a mão e os dedos pareciam feitos de pedra. Aquela mão cinza, que certamente não era humana, envolveu o pescoço do jovem e o estrangulou.

Tudo isso aconteceu de maneira estranhamente lenta. O rosto do adversário, pendurado no ar por aquela mão, no início ficou vermelho, como se fosse estourar, e depois branco, e em seguida foi se tornando azulado. O rapaz observava a cena que se desenrolava em movimentos lentos como se fosse um mero espectador.

Um homem idoso de cabelos brancos ao lado do adversário entrou correndo no círculo. Em seguida, o careca de meia-idade também se aproximou com pressa. Era a primeira vez que o via sem um sorriso no rosto. Não conseguia entender o que diziam todas aquelas vozes ao redor, mas soltou o pescoço do adversário como o careca mandara.

Foi soltando os dedos, um por um, em movimentos sinistramente lentos. O adversário caiu com os olhos revirados, inconsciente. O homem de cabelos brancos gritava enquanto arrastava o jovem para fora do círculo. O público enlouqueceu, berrando cada vez mais em um frenesi incompreensível.

O rapaz permaneceu no meio do círculo, olhando abobado toda aquela situação. O careca se aproximou e levantou seu braço direito.

Junto com gritos ensurdecedores, uma chuva de coisinhas brilhantes caía na arena. O careca voltou a rir e começou a juntar essas coisas enquanto o rapaz olhava para sua mão, sem entender nada.

A mão tinha voltado ao normal. O braço também.

O rapaz conseguiu finalmente associar aqueles sons explosivos com a dor de sentir todos os ossos sendo quebrados e com as escamas cinzentas de pedra que saíam de cada uma das cicatrizes triangulares que tinha nos braços, nas pernas, nas costas e nas costelas. Não sabia explicar exatamente o que havia entendido, mas sentia ter resolvido uma grande questão.

Com um largo sorriso, o careca, que tinha as mãos e os bolsos cheios daquelas coisas pequeninas e brilhantes a ponto de quase estourarem, puxou o rapaz para fora do círculo. O careca e seus companheiros fizeram as malas numa velocidade inacreditável e deixaram a aldeia. Mesmo fugindo, não parava de rir.

Viajaram o dia inteiro e chegaram a uma hospedaria isolada com uma taverna. O careca e seu grupo começaram a comer e a beber, fazendo uma verdadeira festa. O rapaz, que ia entre as malas na carroça, adormeceu na palha seca.

Acordou com a sensação de alguém cutucando-o. Era o careca de meia-idade, que atava uma corrente na algema da mão direita e a prendia acima da cabeça do jovem. Ao ver que o rapaz tentava se levantar, o careca se apressou em agarrá-lo pela nuca. Então ele voltou a amansar e se sentou.

O homem lhe entregou uma pequena tigela.

— Beba.

O rapaz trouxe a tigela para junto do rosto, mas logo virou a cara. Parecia o líquido verde que tinha tomado naquela manhã, mas com um cheiro ainda mais forte. Franziu o rosto ao se lembrar da sensação nada agradável de tontura e ânsia de vômito.

— Beba!

O careca segurou a nuca do rapaz com força e enfiou sua cara na tigela.

Ele tentou resistir com o braço esquerdo. O braço direito, preso à corrente, não fazia nada além de tilintar com um som irritante. O homem puxou sua cabeça para trás e o forçou a tomar todo o líquido. Ele tossiu e estremeceu, mas como da outra vez metade do líquido já tinha descido pela garganta.

Olhando-o de cima com o rosto inexpressivo, o careca observava seu sofrimento.

— Se você não tivesse tomado aquilo hoje, teria matado o filho da mãe, entendeu?

Surpreso com aquele jeito totalmente diferente de falar, o rapaz levantou a cabeça e olhou para o homem.

— Você teve sorte porque aquele maldito saiu vivo e conseguimos sair de lá com a grana. Mas se você tivesse matado o idiota nós estaríamos ferrados, entendeu?

O rapaz não conseguiu responder. O homem lhe deu um tapa com força.

— Está entendendo? — gritou.

O rapaz sentiu raiva por causa do tapa, mas não conseguia se mexer. Ao contrário do rosto que fervia, sentia fraqueza nas pernas e nos braços.

— A partir de agora você vai tomar tudo que eu der. Nem pense em bancar o espertinho e vomitar, entendeu?

Dito isso, o careca saiu da carroça e voltou cambaleando para a taverna.

X

Desde que passou a lutar contra outros homens tomando aquele líquido desconhecido que o careca lhe obrigava, o rapaz começou a ficar cada vez mais fraco.

Bebera tanto daquele líquido fedorento que até vomitava menos, mas a tontura e o enjoo ficaram cada vez mais fortes. Obviamente, apanhava bastante dos oponentes porque nunca estava em condições de lutar, já que passava a maior parte do confronto titubeando e segurando o vômito. Como estava ficando mais fraco, levava mais tempo para se recuperar dos efeitos colaterais da bebida.

No entanto, sabia que, no último momento, contava com a proteção das robustas escamas que surgiam das cicatrizes deixadas por "aquilo". Estando sempre meio inconsciente, o rapaz demorava mais para reagir e não tinha forças para contra-atacar. Além disso, como aquele mecanismo de defesa demorava cada vez mais para ser ativado, ele foi ficando mais fraco e debilitado.

No dia em que enfrentou um gigante de pele branca, olhos injetados e um sorriso sádico, quase perdeu a vida. O gigante de olhos vidrados incitava o público, batendo e chutando todas as partes do seu corpo como um gato que brinca com a presa. O oponente se mostrou o tempo todo confiante. Com a intenção de animar o público, exagerava nos movimentos, fingia ataques, provocava o adversário só para desviar depois, debochando. A luta parecia infindável, até que o gigante resolveu dar o último golpe no rapaz já prestes a desmaiar.

Nesse último momento, quando o gigante vinha torcer seu pescoço, algo parecido com asas negras surgiram das costas dele e açoitaram o adversário. Era só até aí que o rapaz recordava. O gigante foi jogado para fora da arena e esse desfecho inesperado enlouqueceu o público. Em seguida, as asas desapareceram e o rapaz desfalecia, o rosto pálido.

O careca veio correndo e agarrou-lhe o braço e as costas para que não caísse. Levantou sua mão para agradecer o público e começou a recolher as moedas que eram jogadas. Com a cabeça escorada na mão do homem, o rapaz mal conseguia conter a ânsia de vômito. O mundo todo girava e ele sentia fortes dores como se todos os seus órgãos internos estivessem sendo espremidos.

— Isso, é isso mesmo! É assim que deve ser! Você arrasou hoje! Eu jurava que estava tudo acabado, mas aquelas asas no último momento! Como você fez isso? É um truque? Não, não importa. É isso que eu quero!

Todo contente, o careca ia contando as moedas durante a viagem.

O rapaz não entendia nada. Nem tinha forças para se concentrar e tentar compreender o que ele dizia. Cada vez que a carroça balançava, o estômago revirava, e a cada batida do coração, pontadas de dor pareciam inflar sua cabeça.

Naquela noite, olhando para o pulso direito preso no bagageiro pela corrente de ferro, pensou mais uma vez em fugir.

XI

Não foi fácil esperar uma oportunidade.

Vivia com aquele careca de meia-idade ou rodeado por seus capangas e, à noite, todos dormiam juntos na carroça de bagagens. Em dias de sorte, quando a renda era maior, acontecia de os homens o deixarem sozinho e saírem para beber, mas ele sempre ficava preso pela algema do pulso direito.

Acima de tudo, estava cada vez mais fraco. Sofria sempre de ânsia de vômito e tontura, mesmo sem ter tomado o líquido suspeito. Bastava se levantar ou ir para um lugar um pouco mais iluminado que o mundo começava a girar. Finalmente, chegou o dia em que o rapaz desmaiou em meio à zombaria do público depois de apanhar, cambaleando feito um dançarino, sem forças para atacar nem sequer uma vez. Depois daquele dia, o careca parou de lhe dar o líquido por algum tempo. Mesmo debilitado, o rapaz era obrigado a lutar, aos tropeços e com o estômago embrulhado.

O careca o abandonou no dia em que não conseguia mais parar de pé. Por mais que apanhasse, levasse chutes ou tivesse a nuca apertada, nada conseguia fazê-lo se levantar. O careca cuspiu na cara dele e mandou um de seus homens carregá-lo até a montanha. O rapaz foi levado pela floresta montanha acima e largado debaixo de uma árvore.

Estava deitado de barriga para cima no chão, olhando o céu. Tudo o que via eram pedaços de azul em meio às copas densas das árvores.

Olhando para um pedacinho imóvel de céu e sentindo o cheiro das folhas caídas, a sempre presente ânsia de vômito passou. Meio desacordado, porém mais calmo, continuou deitado ali.

Os pedaços azuis entre as árvores foram ficando cada vez mais pálidos e acinzentados, até chegar a um tom fechado de chumbo. Começou a chover. As gotas do temporal atingiram impiedosamente as folhas mortas no chão, o rosto e o corpo do rapaz.

Sentiu frio debaixo daquela chuva. Conforme a tempestade se acirrava, começou a sentir náuseas por causa do cheiro de terra e de folhas mortas e molhadas que vinha de todos os lados. Sentou-se depressa e vomitou como se espremesse todo o estômago e o intestino. Juntou todas as forças que ainda lhe restavam e passou mal por longas horas, até não ter mais nada no estômago.

Olhou para o céu depois de botar tudo para fora, com as gotas de chuva escorrendo pelo rosto até a boca. Bebeu a água doce e fresca da chuva.

Levantou-se. Estava com frio, mas a dor e os tremores que ele sentia por dentro foram diminuindo aos poucos até desaparecer.

Decidiu seguir na direção contrária à que o homem tomara ao deixá-lo ali e começou a andar.

XII

Foram três dias vagando pela montanha. Andou sem parar, alimentando-se apenas da água da chuva e um pouco de mato.

No terceiro dia, quando finalmente saiu da floresta e encontrou uma aldeia, a primeira sensação que teve não foi de alívio por ter sobrevivido, mas sim de familiaridade. As rochas na entrada da aldeia, a terra marrom-esverdeada e os troncos acinzentados, as casas enfileiradas, provocavam uma sensação forte e assustadora de que já estivera ali antes.

Mas o rapaz não estava em condições de pensar em onde e quando e o porquê daquela familiaridade; não comia nem dormia direito nos últimos três dias. O que ele mais precisava naquele momento era de comida e abrigo. Então seguiu para aquela aldeia estranhamente familiar.

* * *

A única roupa que vestia eram as calças extravagantes e largas feitas de tecido fino que usava para as lutas. Os pés estavam descalços e todas as cicatrizes do corpo continuavam à mostra.

No horizonte, a luz do sol se dispersava sobre as nuvens em diversas tonalidades de vermelho enquanto fumaça saía das chaminés das casas onde o jantar era preparado. Sentindo cheiro de comida, o estômago roncando, ele seguiu pelas ruelas.

Sua presença chamava a atenção dos moradores que voltavam do trabalho. Os olhares arregalados e cautelosos em meio ao silêncio tenso o fizeram se lembrar do primeiro dia no mundo dos homens depois de fugir da caverna. Mas, diferente daquele dia, não havia nenhum careca se aproximando amigavelmente e segurando sua mão.

Ninguém estava disposto a oferecer comida ou abrigo. Quando tentava entrar nas casas, a primeira coisa que as mulheres faziam ao notar suas cicatrizes era gritar. Agricultores o expulsavam com raiva, fazendo ameaças com ferramentas como foices ou forquilhas. Sentiu-se apequenado. Tentou esconder com as mãos o maior número das cicatrizes que podia.

Fugiu da aldeia e suspirou. Seria melhor voltar para a montanha? Ele não sabia como sobreviver na floresta ou nas encostas. Não tinha a menor ideia de como fazer fogo ou de onde conseguir comida.

Pensou nos dias em que vivia de pedaços de carne crua e mato. Não tinha motivo para não voltar àquela vida, sobretudo porque não sabia o que podia acontecer caso regressasse à aldeia. Então seguiu para a floresta que começava a ser tomada pela escuridão.

Depois de muito tempo andando por uma trilha, encontrou uma forma arredondada que parecia um abrigo.

Olhando de perto, viu que era mesmo um teto, o teto de uma casa de verdade, mas como não havia luz lá dentro apesar da escuridão da noite, imaginou que estivesse abandonada.

Ficou feliz. Agora tinha onde dormir. Ainda estava com fome, mas achou melhor procurar comida no dia seguinte, depois que o sol nascesse.

Aproximou-se da cabana e empurrou a porta de madeira, que rangeu ao abrir.

Uma forma branca surgiu da escuridão e se aproximou. Assustado, ele recuou e caiu de costas.

— Mano? — perguntou a forma branca.

Ele não sabia o que responder.

XIII

A moça tateou o ar com os braços estendidos.

— Mano? — ela voltou a chamar.

Ele tentou retomar fôlego e se levantou devagar.

— Por que você não me responde, mano?

A moça se aproximou. Seus dedos alcançaram o rosto do rapaz.

Ele ficou imóvel. Sem hesitar, ela acariciou seu rosto.

Ele fechou os olhos.

E... o momento mais doce de toda a sua vida acabou nos gritos estridentes da moça.

— Quem é você? — gritou. Enquanto ele estava confuso, sem saber o que fazer, ela agitava os braços, gritando. — O que você veio fazer aqui? E o meu irmão? O que você fez com ele?

Atônito, o rapaz conteve os braços da moça, que gritou com toda a força. Ele a segurou de lado e tapou sua boca, tentando arrastá-la, se debatendo, para dentro.

No momento em que estava prestes a pôr os pés na casa, ela parou de se agitar do nada. Assustado, ele também parou.

— Me solte — sussurrou ela. — Prometo não gritar nem ser desobediente. Me solte, por favor.

Então ele a soltou.

Ela se endireitou com cuidado. Tateou o ambiente e deu um passo para longe.

— O que você quer? — perguntou com frieza em voz baixa. — E o que você fez com o meu irmão?

O rapaz não conhecia o irmão dela nem tinha vindo fazer mal a ninguém. Queria se explicar, mas, sem saber como, deu um passo na direção da moça.

Tropeçou em algo e perdeu o equilíbrio. Assustado, soltou um grito. Nesse momento, algo duro golpeou sua cabeça.

Desmaiou ali mesmo.

XIV

Quando acordou, só havia claridade ao redor. Tentou se levantar, mas não conseguia se mexer. As mãos estavam atadas atrás das costas.

Encontrou um jovem olhando para ele. Era muito familiar, por mais improvável que isso fosse.

— O que você veio fazer aqui? — perguntou o jovem. — O que te trouxe até aqui? E o que ia fazer com a minha irmã?

O rapaz não conhecia nem o jovem nem a irmã. Não viera fazer nada com ninguém. Balançou a cabeça com todas as forças.

O irmão não se tranquilizou e foi ficando cada vez mais violento, tanto no tom quanto no olhar.

— Foi aquele monstro que te mandou, não foi? Ele mandou matar a minha irmã? É isso? Ou mandou levá-la até ele?

O rapaz não conseguiu pensar em mais nada quando ouviu a palavra "monstro".

O irmão sabia da existência "daquilo". Mas como? Ninguém — nem o careca, seus capangas ou os moradores das aldeias por onde tinha passado — tinha comentado sobre "aquilo".

Aparentemente o jovem levou a mal sua expressão atônita e lhe deu um soco na cara.

— Responda! — gritou. — Por que você está aqui? O que veio fazer com a minha irmã?

Sem dar tempo de responder, esmurrou de novo o rapaz, que sentiu um líquido salgado dentro da boca.

— Responda!

Levou mais uma pancada.

Atordoado, a vista escurecendo, ele se contorceu, fazendo que não com a cabeça ao ver o punho do outro se erguer outra vez. Estava surpreso pelo fato de o jovem pensar que vinha fazer mal, chocado por ter encontrado alguém que conhecia "aquilo". Mas, mais do que tudo, achava injusto apanhar toda vez que tentava responder algo.

— Pare com isso, mano.

Os dois olharam para a moça ao mesmo tempo. A primeira coisa que ele percebeu foram seus olhos.

As pupilas eram de um tom cinza-claro translúcido. Não parecia uma cor natural. Havia uma fina camada fosca por dentro.

Achou aqueles olhos de uma beleza incrível.

Era a pessoa mais bonita que tinha visto na vida.

— Se ele for uma pessoa má, é só mandar embora. Não bata nele — disse ela em tom suave.

O irmão suspirou.

— Sim, é melhor mandar embora.

E forçou o rapaz a se levantar, arrastando-o para fora da casa.

Ele olhou para a moça, que mantinha os olhos cinzentos e opacos, cheios de preocupação, fixos no vão.

O irmão arrastou o rapaz até a trilha da floresta, soltou as amarras e o chutou, derrubando-o no chão. Deu-lhe um chute na barriga, que gemia caído, e disse:

— Vá e diga àquele monstro para não mexer com a minha irmã. Não sei o que aconteceu, mas a minha irmã não!

Dito isso, virou-se para voltar.

O rapaz segurou seu pé.

O irmão se virou e chutou a cara do rapaz. Caído, ele tossia, e cuspiu o sangue que enchia sua boca. Quando o jovem deu as costas, o rapaz pegou seu pé mais uma vez.

Apesar do medo que sentia, o irmão da moça não o chutou. Olhou-o, achando estranho.

— Mas qual é o seu problema?

O rapaz olhou para ele e levou a mão à boca.

— É comida que você quer?

Ele fez que sim com a cabeça.

O homem soltou um riso de desprezo e levantou o pé para pisar.

O rapaz protegeu a cabeça com os braços, mas não fugiu. Permaneceu ali, na posição mais humilhante possível, esperando.

— É idiota? Está pedindo comida? Você, que veio nos pegar para levar para aquele monstro, está nos implorando por comida?

Olhando-o, o rapaz negou veementemente com a cabeça. E voltou a fazer o gesto de pôr comida na boca.

O irmão ficou um bom tempo olhando para ele.

— Deve ser mesmo um imbecil, não?

Em vez de responder, o rapaz continuou com o gesto.

O homem o levantou pela nuca.

— É só desta vez — avisou, arrastando-o. — É a primeira e a última. Depois de comer, você vai para longe daqui e nunca mais vai voltar.

XV

O rapaz esperou perto da casa onde moravam a moça de olhos cinza e o irmão.

Quando a moça lhe trouxe comida, ele comeu com voracidade. Terminada a refeição, o irmão o levou para o galpão. Sem dar explicações, atou uma corrente de ferro à algema no pulso direito e a amarrou numa barra transversal com um cadeado, como se aquilo fosse a coisa mais natural do mundo.

— Nem pense em fugir daqui.

E saiu.

Na manhã seguinte, veio soltá-lo. Mesmo com o cadeado aberto, o rapaz permaneceu ali, sem a menor intenção de ir embora.

O jovem tentou afugentá-lo, mas o rapaz suplicou, explicando com gestos que não tinha para onde ir. Não fugiu nem quando o outro esbravejou mostrando o punho. Ficou ali, jogado no chão da maneira mais dramática possível, implorando para deixá-lo ficar.

— Diga a verdade. De onde você veio?

O rapaz apenas fazia que não com a cabeça.

— O que veio fazer aqui? O que quer com a minha irmã?

Golpes e perguntas o esmurravam ao mesmo tempo, mas o rapaz não fazia nada além de balançar a cabeça. Até que finalmente o irmão pareceu convencido de que ele tinha algum problema.

No início, passava a maior parte do tempo sentado no galpão, até que o jovem o tirou de lá. Deu a ele calças práticas, de pano grosso, para substituir as extravagantes e de tecido fino, assim como uma camisa, e passou a levá-lo pela floresta. Nunca lhe fez perguntas sobre aquela roupa nada convencional nem sobre a algema do pulso direito.

Eles iam à floresta colher cogumelos e frutas silvestres. Por vezes, caçavam animais de pequeno porte, mas o rapaz quase não tinha conhecimentos práticos de sobrevivência, muito menos de caça. Como não fazia nada direito, apanhava com frequência, mas não tentava escapar, nem dos xingamentos nem das pancadas.

Ele sabia, porém, quais plantas eram comestíveis; quando encontrava ervas aromáticas, as levava junto com cogumelos e frutas para a moça. Ela costumava evitá-lo e manter distância, mas demonstrava algum contentamento diante desses presentes.

Nas raras vezes em que estava de bom humor, o irmão cantarolava ou lhe ensinava coisas, ao que sempre respondia sim ou não com a cabeça. À noite, depois do jantar, o levava ao galpão, prendia o cadeado à corrente e trancava a porta por fora. O rapaz nunca deixou de ser obediente.

O irmão não tinha reparado, mas uma das pontas da barra transversal do porão estava solta. No entanto, mesmo depois de se soltar pelo vão o rapaz permanecia ali, observando as coisas espalhadas como palha seca, cordas, pedaços de madeira, ferramentas para agricultura e outros objetos cuja utilidade desconhecia. Foi num dia desses, enquanto andava por entre os objetos no porão, que ouviu pela janela a conversa da moça com o irmão.

— Não podemos deixar uma pessoa presa no galpão como um animal — disse ela.

— Ele fugiu do mostro — respondeu o irmão. — Não podemos deixar que entre em casa. Na verdade, nem podemos mantê-lo no galpão por muito tempo.

— Fugiu do monstro? Como você sabe?

— Pelas cicatrizes — respondeu o irmão. — Só o monstro deixa cicatrizes como aquelas nas oferendas.

O rapaz quase perdeu o fôlego, mas continuou ouvindo, se esforçando ao máximo para não fazer barulho.

— Ou ele está procurando uma oferenda para substituí-lo, ou está querendo se vingar. Seja o que for, não vai ser bom para nós.

— O que vamos fazer, então? — perguntou a moça com a voz trêmula.

— Não se preocupe — disse o irmão para acalmá-la. — Até mesmo gente como ele tem sua utilidade. Conheço alguém que pode levá-lo para longe daqui. Vou chamá-lo.

— Quem é? E levar para onde? — perguntou a moça, preocupada.

— Deixe que eu cuido disso — respondeu. — Não se preocupe e vá dormir, já está tarde.

E a conversa parou por ali.

O rapaz finalmente compreendeu de onde se lembrava daquele homem. Ao chegar à aldeia depois de ter fugido "daquilo", quando o careca de meia-idade o encontrou pela primeira vez, esse era o jovem que cochichava com ele.

Não podia voltar às lutas. Se voltasse, não aguentaria muito tempo.

Mas precisava saber mais. O que era esse monstro? Que história era aquela de oferenda?

E por que *ele* tinha sido escolhido para ser o sacrifício?

Enquanto pensava nessas coisas, a porta do galpão se abriu. A moça de olhos cinza entrou em silêncio.

XVI

O rapaz se assustou tanto que ficou paralisado, sem conseguir emitir um som sequer.

Deu-se conta de que havia se soltado sem permissão, então saiu correndo até o lugar onde deveria estar e tentou se prender como antes. Na confusão, deixou a corrente cair com estrondo. Enquanto se apressava em pegá-la de volta, lembrou que a moça era cega.

— Você está aí, não está?

A moça sorriu de leve. Ele acenou com a cabeça, mas percebendo que ela não conseguiria ver por conta da cegueira, fez a corrente estalar.

— É verdade que você fugiu do monstro?

Ele balançou de novo a corrente, que ecoou pelo galpão.

— Então está aqui para se vingar de mim?

Ele não entendeu. Ficou parado, olhando para os olhos cinzentos e desfocados da moça.

— Foi por minha causa que te sacrificaram como oferenda para o monstro, não foi?

O rapaz estava cada vez mais confuso. Sem entender, continuou só olhando para seu rosto pálido.

A moça deu um passo em direção a ele. Antes que recuasse, pôs de leve a mão no pulso do rapaz.

Seus dedos eram longos e macios. Ele pensou no dia em que chegou àquela casa, nas mãos que acariciaram seu rosto acreditando ser o do irmão.

— Sente-se aqui — pediu ela. — Vou contar tudo.

XVII

Era uma vez... É assim que começam todas as lendas.

Era uma vez uma região que sofria com pragas que eclodiam a intervalos regulares de alguns anos. A causa da doença era o monstro que vivia na caverna mais profunda da montanha mais alta. O monstro tinha a aparência de um corvo gigante que, quando sentia fome, de tempos em tempos, deixava seu ninho na caverna e devorava todos os grãos e árvores dos arredores. Os aldeões acreditavam que o monstro soltava veneno toda vez que abria o bico, e por isso as pessoas e os animais expostos a esse veneno adoeciam, dando início a epidemias.

Então resolveram entregar uma oferenda para que o monstro não saísse à procura do que comer. Segundo o feiticeiro da aldeia, a oferenda devia ser uma criança impúbere. Assim, sempre que o tempo fechava e os adoecimentos começavam, os habitantes passaram a deixar uma criança na caverna como oferenda. Com o passar do tempo, o costume se tornou tão popular que, mesmo sem haver epidemia, continuavam levando crianças sem família como oferenda até a caverna, pedindo pela cura de um ente querido.

— Não foi por causa de uma praga, eu já nasci doente — contou a moça em um sussurro. — Perdi a visão por causa da doença. O feiticeiro disse que, se não fizesse nada, o mal se espalharia pelo meu corpo e eu perderia a audição e a voz, e depois não conseguiria me mexer nem respirar, até morrer em sofrimento profundo.

Ela continuou, abaixando ainda mais a voz:

— É por isso que meu pai e meu irmão encontraram um menino órfão de fora e o ofereceram como sacrifício. — Em seguida, perguntou, quase cochichando: — Era você, esse menino?

Ele não sabia a resposta.

Esperou um pouco. Como ele ficou em silêncio, ela voltou a perguntar:

— Você ainda está aí?

Foi difícil, mas ele balançou a corrente de leve. Ela seguiu falando:

— Eu não tinha ideia de nada disso. Fiquei sabendo mais tarde, ouvindo alguns adultos conversarem. Apesar de nova, sempre sofri com o fato de ter sobrevivido à custa da vida de outra criança.

Ele ficou quieto, e ela continuou.

— Pouco depois de levar o menino para a caverna, meu pai faleceu num acidente. Na época eu achei que era vingança da criança sacrificada. Mas, na verdade, quem deveria ter morrido era eu.

O rapaz mexeu na corrente e olhou para a moça sem dizer nada.

— Então... se está aqui para se vingar, pode fazer o que quiser. — E parou de falar.

Ele permaneceu em silêncio. Alguns instantes mais tarde, ela perguntou:

— Você ainda está aí?

Ele jogou a corrente no chão. E, segurando o rosto pálido da moça entre as mãos, a beijou.

XVIII

No dia seguinte, o jovem abriu a porta do galpão e encontrou a irmã sozinha, chorando.

— Ele foi matar o monstro — disse ela, aos soluços. — Disse que a culpa não era minha, que não fiz nada de errado. Que era o monstro que tinha que sumir, porque era ele que fazia as pessoas ficarem doentes, que tornava as pessoas más a ponto de fazer mal a outras crianças. Que ele tinha que matar o monstro. Que era o monstro que tinha que sumir...

O jovem abraçou a irmã para acalmá-la e a levou para dentro. Só não sabia se ficava feliz com o que tinha acabado de ouvir ou se deveria se preocupar com o que aconteceria dali em diante.

XIX

O rapaz buscou nas velhas memórias o caminho até a caverna. A história que a moça tinha contado não parava de ecoar na sua cabeça.

Ficou um tanto decepcionado com o fato de ser "um menino órfão de fora". Mas, se o irmão da moça foi junto com o pai capturá-lo, ao menos poderia saber onde e em que situação havia sido encontrado. Talvez a partir dessas informações fosse possível começar a procurar a sua terra natal, sua família e até, quem sabe, seu nome.

Mas ele continuava sem saber como matar "aquilo". Não tinha um plano. Pensando bem, nunca tivera plano algum na vida.

Não permitir que "aquilo" tirasse sua vida. Sobreviver de alguma forma e voltar.

Esses eram os únicos objetivos e planos que tinha e tivera, tanto nesse momento quanto no início, quando foi levado como sacrifício.

Foi o que ele jurou, resoluto, ao chegar à caverna.

E entrou.

XX

Como a essa altura o rapaz já estava acostumado com a claridade, se surpreendeu com a escuridão absoluta da caverna. Seguiu com cautela, tateando o caminho.

Era curioso esse negócio de destino. A moça tivera na infância um pai e um irmão mais velho. Uma família que se preocupava com ela, com sua doença, uma casa e uma vida. Enquanto ele só tinha lembranças das pedras duras daquela caverna úmida, de correntes, algemas, grilhões e do poste que o aprisionavam. Infância só se vive uma vez, e como a dele se limitou à sobrevivência, sem que pudesse pensar em esperanças ou possibilidades, nunca havia sequer imaginado que existissem outros tipos de infância, diferentes da que ele teve.

E agora, de volta à caverna, sensações impregnadas voltaram à tona, independente de raciocínio ou sentimentos. Aquela caverna tinha sido seu mundo, quisesse ou não, e cada reentrância nas paredes, cada relevo do chão estavam nitidamente guardados e vivos na sua memória.

Se era tão familiarizado com ela, talvez fosse, ele mesmo, parte da caverna...

No momento em que seus pensamentos chegaram a esse ponto, encontrou o poste de ferro.

Tinha trazido a corrente que o irmão da moça pusera na algema do pulso direito. Voltando à prisão de sua infância, deixou a corrente perto do poste e sentou-se, encolhido como sempre fizera. Aquele lugar era dele e ainda estava vago. Se por sorte seus planos tivessem êxito, nunca mais voltaria a ser ocupado por ninguém.

A entrada da caverna, um pequeno ponto branco, foi repentinamente vedada por uma massa negra. Ouviu-se um farfalhar.

Ele ergueu a cabeça e olhou para a escuridão.

Durante todo o tempo que passou ali, o rapaz nunca tinha visto "aquilo" de verdade. Na época, "aquilo" aparecia, cobria a entrada da caverna, subia nas suas costas e, imobilizando pernas e braços com as asas e as garras, enfiava o bico afiado entre seus ossos.

Daquela vez não foi diferente. "Aquilo" tentou subir em suas costas. Ao perceber que ele já não era mais um menino e que estava vestido, começou a rasgar tudo com as garras afiadas que arrancavam não só as roupas, mas também a pele, como se fosse uma zombaria. O rapaz quis gritar de dor, mas suportou.

"Aquilo" nunca enfiava o bico no mesmo lugar. Como o rapaz já estava coberto de cicatrizes pelo corpo inteiro, certamente teria algum trabalho para encontrar um espaço intacto. O rapaz esperou por esse momento.

Depois de rasgar a camisa, "aquilo" imobilizou-o e aproximou o bico do seu pescoço. Nervoso, o rapaz fechou os olhos.

Como imaginado, "aquilo" se afastou ao ver a cicatriz no pescoço. Desceu procurando pelas costas, pelos braços e pelas costelas. Como toda a parte superior do corpo já estava tomada por cicatrizes, "aquilo" tentou rasgar as calças com o bico e as garras. Foi nesse momento que o rapaz se virou e lançou a corrente presa à algema da mão direita.

Com um ruído pesado e hostil, a corrente cortou a escuridão úmida e bateu em algo que não era possível ver. O rapaz não sabia onde, mas ouviu um tinido de algo duro quebrar primeiro e depois um grito estridente sacudir toda a caverna, junto com um forte fedor. Lançou a corrente na direção do cheiro, mirando um pouco mais para baixo dessa vez.

O grito ensurdecedor sacudiu a caverna. Logo em seguida, o rapaz percebeu que estava voando, segurando a corrente enroscada nas garras "daquilo".

"Aquilo" era lindo. Quando enfim pôde vê-lo com clareza, não conseguiu pensar em nada além disso. Era monstruosamente lindo.

Sob o sol, viu que "aquilo" não era preto, mas cinza-escuro. O brilho das penas cor de chumbo era frio, sem vigor, como de um ferro bem batido. As garras eram prateadas e no bico, também prata, havia um arranhão pequeno, porém profundo, vermelho, causado pelo golpe com a corrente.

Ao lado do bico, um olho azul gélido o observava. Aquele azul era impressionantemente profundo, transparente e cruel.

O rapaz tentou dar outra volta com a corrente no pé para subir, mas no momento em que a ponta da corrente passou por uma das garras uma argola se partiu. Corria o risco de cair se a corrente se soltasse. Poderia sobreviver como da outra vez, mas se "aquilo" voasse para longe sua missão perderia o sentido. Fez então o que podia para se segurar na parte menos cortante do pé e montar.

Nesse momento, "aquilo" virou a cabeça de repente e o mordeu com o impiedoso bico.

Enquanto "aquilo" o prendia da costela até a perna pelo bico, o rapaz teve a certeza de que iria morrer. Mas não foi engolido nem largado no ar. Doía, mas visto que "aquilo" não mordera a ponto de quebrar os ossos ou matar, imaginou que estivesse sendo levado para algum lugar.

Logo que pensou nisso, foi jogado para o alto e capturado outra vez pelo bico. Agora estava de barriga para cima, bem de frente para o olho azul.

Não sabia se os olhos dos animais demonstravam sentimentos, mas, se fosse o caso, haveria satisfação ali. Diferente dos homens, porém, os animais não se alegram em amedrontar ou torturar os outros. Tudo que precisam saber é se vão matar ou ser mortos. Contanto que possam evitar serem mortos e que possam se alimentar, os animais não se importam com os sentimentos das presas. Só o fato de tê-las sob as garras já é motivo mais do que suficiente para se sentirem satisfeitos.

"Aquilo" deu meia-volta. Estava retornando para a caverna.

Sem muito tempo para pensar, o rapaz ergueu o braço direito com força. Acertou o olho azul com a corrente presa à algema. O elo da corrente que havia sido partido cravou no olho da besta.

Depois de girar por causa da dor inesperada, "aquilo" começou a voar a toda velocidade em direção a um penhasco perto da caverna, soltando um grito que fez os céus e as terras tremerem.

XXI

Não sabia explicar como ainda estava vivo. Mas, enfiado entre galhos quebrados, folhas, matos e arbustos, viu que ainda respirava.

Ao tentar se levantar, sentiu dores em todo o lado direito do corpo. Não conseguia mexer a perna. Encontrou um galho para servir de bengala e, devagar, levantou-se apoiado nele.

A ave gigante estava morta, com o pescoço quebrado, depois de ter colidido contra o penhasco.

Olhou para os olhos azuis e o bico prateado sem vida. As asas eram enormes, suficientes para cobrir até o outro lado da montanha, mas agora pareciam um pedaço de tecido cinza-chumbo amassado com penas coladas.

Ficou um tempo olhando para a besta morta.

Com o fim daquela ave, o rapaz não tinha mais nada a perder nem a ganhar. A única evidência de que sequer existira eram as cicatrizes de quando lhe servia de alimento.

Sentiu uma grande amargura.

Não sabia por quê, mas ficou ali, fitando os olhos azuis, esperando que a ave voltasse à vida, que não morresse tão facilmente.

Então começou a andar, mancando, em direção à aldeia onde a moça esperava.

XXII

Quando chegou, o sol já começava a se pôr. Não se cansava de ver a bela imagem do sol desaparecendo entre nuvens coloridas.

Atravessou a aldeia e começou a seguir pela trilha que dava acesso à floresta. Não havia luzes no caminho. Não precisavam de iluminação porque o irmão estaria fora e a moça era cega. Foi isso o que pensou enquanto apressava os passos.

Antes de abrir a porta da cabana, chamou a moça pelo nome. Não queria assustá-la abrindo a porta de supetão.

Não se ouvia nada lá dentro. Então ele abriu a porta.

A moça, que estava sentada à mesa, levantou-se ao ouvir a porta se abrir. Estendeu os braços e se aproximou. Feliz em vê-la, ele correu para segurar-lhe as mãos.

No momento em que as pontas de seus dedos encontraram as dela, a jovem se transformou em milhares de gotículas de água e desvaneceu.

XXIII

Atônito, o rapaz permaneceu paralisado, a mão ainda estendida.

Ouviu um som animalesco de partir o coração. Olhou para trás.

Era o irmão da moça, avançando com a sua faca de caça. Desviou por um triz.

Tentou explicar, mas o irmão não dava ouvidos. Na verdade, nem ele sabia o que tinha acontecido de fato.

O irmão quase caiu, mas voltou a correr em sua direção, gritando com a faca em riste.

O rapaz agarrou o pulso que segurava a faca. Tentou tirar a arma da mão dele, mas não havia como impedir aquela força movida a insanidade. Ainda que fizesse força, a faca se aproximava mais do seu pescoço.

A lâmina tocou sua pele, e ele sentiu o sangue começar a escorrer.

Nesse momento, viu sua mão ficar cada vez mais cinza.

O pulso do jovem de repente estava torcido de maneira assustadora. O osso perfurou a pele e ficou à mostra, pálido. Ele tombou, segurando o braço quebrado, e rolou no chão, gritando de dor.

O rapaz olhou para o outro, cujos olhos já não demonstravam raiva ou insanidade. Estavam repletos somente de pavor.

Foi a última cena de que o rapaz se lembrou.

XXIV

Era manhã quando acordou.

A casa da moça e do irmão havia desaparecido sem deixar nenhum rastro. Na parte de trás, no lugar do galpão, os restos mortais do jovem e uma quantidade imensa de sangue se espalhavam por todos os lados. Sem coragem de olhar, o rapaz virou o rosto e se apressou em deixar o local.

Ao descer a montanha, encontrou a aldeia devastada.

O lugar onde, até o dia anterior, havia casas e gente passando, fora tomado por uma árvore centenária, que parecia ter sempre estado ali. Havia arbustos no lugar de cercas e, onde ficava a casa do ferreiro, apenas grama seca. Quase não havia moradores. Perplexos, os poucos que permaneceram perambulavam por ali com expressões confusas e, ao ver o rapaz, desapareceram, apavorados.

Ele se desesperou.

Não era vingança que queria. Pelo menos não assim. Ele só não sabia que era a existência "daquilo" que garantia a sobrevivência da aldeia.

Por mais que fosse justo, não havia como suportar o sentimento de perda. No meio da aldeia devastada, chorou pela infância que lhe fora tirada por causa de ilusões e da fé equivocada de desconhecidos, e pelo longo e duradouro sofrimento de ter sobrevivido àquela infância infernal para ver todo o sentido da vida desaparecer assim.

Quando as lágrimas pararam de escorrer, ele partiu devagar na direção do sol nascente, à procura da vida que acreditava existir em algum lugar naquele mundo.

Lar, doce lar

— Pois então, meus caros, cabe a vocês ressarcirem os trinta milhões de wons de diferença, certo? — dizia o dono do restaurante de *sundaeguk*, um senhor de idade, num tom ambíguo entre polidez e ameaça. — Talvez sejam jovens demais para entender como as coisas funcionam, mas é assim. Depois não venham dizer que não avisei. Não é mesmo?

Dito isso, o velho lançou um olhar expressivo ao homem ao seu lado, todo vestido de preto, que assentiu com a cabeça e, depois, sem dizer palavra, sorriu.

— Perdão, meu senhor... — reclamou o jovem marido. — O pagamento de luvas é uma transação financeira não oficial entre locatários. Juridicamente falando, o proprietário não tem nada a ver com isso. Além de tudo, senhor, trinta milhões de wons? Não é pouca coisa. Se fosse o senhor, aceitaria entregar um valor desse assim?

Sem prestar muita atenção na voz trêmula do marido que educadamente chamava de "senhor" o chantagista e o assistente de terno preto (que só estava ali com intenção de intimidá-los), os olhos dela estavam fixos na criança que brincava, passando os dedos pela parede e mexendo no vaso com uma planta artificial ao lado da sapateira no canto do restaurante. A criança só brincava do lado de dentro, nem se arriscava a sair. Quando os olhares das duas se encontraram, a criança sorriu. Então, a jovem sorriu de volta.

* * *

Ela conseguiu quitar o financiamento no sétimo ano de casamento. Os sogros ajudaram um pouco — na verdade, bastante —, mas ela lhes devolvera o dinheiro. Muitas vezes, chegara a pensar que era o cúmulo ter que destinar quase toda a sua renda a pagar a dívida que contraíra seguindo conselhos de que era melhor comprar logo um apartamento grande pensando nos filhos que viriam e ficar ali por muito tempo. Não fora fácil aguentar sete anos daquele desgosto todos os meses, mas, no fim, as coisas tinham dado certo. Em sete anos, quando finalmente o apartamento se tornou inteiramente dela e do marido, decidiu vender o imóvel e se mudar para um lugar mais barato e tranquilo. Foi assim que, no oitavo ano de casamento, ela adquiriu a propriedade em um bairro menos nobre da cidade.

Não que tivesse gostado desde o início. Nem brincando tinha coragem de dizer isso. É claro que o processo de rodar a cidade à procura de um imóvel tinha sido divertido. Encontraram um bairro calmo, de cotação razoável e vizinhança tranquila, gente que morava lá havia décadas. Estava claro que o dono da agência imobiliária, cuja placa demonstrava ser um estabelecimento antigo, tinha ficado surpreso, talvez pelo fato de um casal jovem se dispor a comprar um prédio naquele bairro de moradores de idade avançada.

Mas ela estava feliz, apesar de tudo. Poder comprar a própria casa com o seu dinheiro era uma experiência única e empolgante. Além do mais, não via a hora de sair daquele apartamento. Todos os moradores do condomínio, fosse no estacionamento ou no elevador, não falavam de outra coisa a não ser a valorização imobiliária, e a síndica importunava o tempo inteiro com coletas de assinaturas e reuniões.

Ela sabia que não era uma pessoa como aquelas. Não entendia nem queria saber como conseguiam viver daquele jeito. Se preocupar apenas em enriquecer para ter uma casa maior, um carro de luxo, matricular os filhos na escolinha bilíngue e depois em colégios particulares chiques, viajar para fora nas férias... Isso podia parecer um vidão para os outros, mas não era o que queria. Buscava uma vida pacata e harmoniosa numa vizinhança sossegada. E achava que tinha finalmente encontrado um lugar assim.

Porém, desde o começo, não tinha gostado do imóvel em si.

Consolou-se dizendo que não tinha outro jeito: era um prédio antigo em um bairro antigo. Até porque não daria conta de comprar um imóvel em melhores condições só com o valor da venda do apartamento, por mais que o bairro não fosse lá essas coisas. O prédio era muito mais barato em relação a outros que estavam à venda, além de ser bem localizado — na entrada para uma das principais avenidas, próximo ao metrô e a um ponto de ônibus. Por isso, após uma breve conversa com o marido, hesitou por um momento, mas não demorou muito em tomar a decisão.

Os problemas começaram depois de fechar negócio.

O prédio tinha quatro andares e um subsolo inesperadamente espaçoso. No térreo funcionava um café, e no primeiro andar um escritório sublocado. O segundo andar estava vago depois da saída do último locatário, e o terceiro e último andar era o apartamento da antiga proprietária, segundo a imobiliária. Dizendo que não ficava bem mostrar a casa dos outros na ausência dos mesmos, o corretor só mostrou ao casal o segundo andar, que estava vazio. Mesmo levando em conta sua inexperiência, foi um grande erro terem assinado o contrato depois de olhar só o que lhes tinha sido mostrado, sem nenhuma exigência ou perguntas.

Quando foram ver o terceiro andar depois da mudança, encontraram não só lixo, mas também montanhas de poeira, cocô de rato e móveis podres. Era impossível que aquele lugar tivesse servido de moradia para quem quer que fosse. Quando a jovem deslocou o lixo para fazer a faxina, uma infinidade de baratas apareceu, numa quantidade impossível de ser resolvida com pisões. Conforme andava de um lado para outro, batendo nas paredes e no chão na tentativa de eliminar os insetos, foi a vez de um bando de ratos aparecer. Apavorada, ela teve que recuar.

As duas vezes que recorreu ao serviço de dedetização não deram conta de resolver o problema. Depois de mais umas quatro visitas de especialistas, além de infinitas sessões de limpeza pesada contra ratos e insetos, ela ligou para a antiga proprietária.

Ninguém atendia. Voltou a tentar, mas a ligação caía antes de atenderem. Enfurecida, ligou de novo e de novo até que estava prestes a desistir. Foi bem nesse momento que, do outro lado da linha, alguém respondeu dizendo "Quem é?". Contente por terem atendido, ela se apresentou e começou a explicar a situação, mas ao ouvir a palavra "prédio", a velha, a antiga proprietária, soltou uma cachoeira de palavrões num volume ensurdecedor e desligou antes mesmo que pudesse dizer alguma coisa.

Ela perdeu completamente a vontade de falar com a ex-proprietária. Ligou para o dono da imobiliária.

Nada dava certo naquele dia. Uma senhora, que atendeu o telefone depois de muito chamar, disse que o dono não estava, que tinha saído com um cliente. Pensou que devia ser a esposa do dono, que tinha visto uma vez.

— Fazer o quê? Tenha paciência, você que é mais jovem — disse a esposa do dono da imobiliária depois de ouvir a história. — É uma pobre senhora. Ficou viúva jovem e o único filho que tinha sofreu um acidente de moto ajudando a mãe e machucou a cabeça... Ficou daquele jeito bem novinho, nem casado era... Coitado... — A esposa do dono da imobiliária suspirou profundamente. — Depois que o filho acabou assim, ela também começou a ficar estranha... Até que fechou o restaurante que tinha tocado a vida toda e foi embora, levando o filho com ela. Pelo jeito foi para uma casa de oração, aqueles retiros, sabe? Largou tudo que tinha, que era esse imóvel. Passou adiante a preço de banana...

— Casa de oração? — perguntou surpresa. — Então o terceiro andar estava desocupado?

— Estava. Fazia tempo que não via ninguém por ali. Algumas vezes vieram buscar roupas...

— Faz quanto tempo que eles saíram de lá? — perguntou a moça.

— Não sei. Uns três, quatro anos? — respondeu a esposa do dono da imobiliária, com a maior serenidade do mundo.

Depois de desligar, a mulher ficou bastante perturbada, com uma sensação indescritível. Isso explicava o preço estranhamente baixo do imóvel. Entendia também um pouco melhor por que os moradores do bairro olhavam para ela e para o marido com toda aquela inquietação. Na época, tinha achado que era apenas a curiosidade típica de idosos estranhando um casal jovem querer comprar um prédio inteiro para morar naquele bairro com tanta gente velha.

Não conseguiu mais nada da ex-proprietária. Resolveu o problema dos ratos e das baratas depois de quase dez visitas da dedetizadora. Os ratos se mudaram para o café do térreo, onde causaram grande confusão. Enfurecido, o locatário declarou que rescindiria o contrato já. A mulher teve medo de que os outros locatários fizessem o mesmo e acabasse com o imóvel vazio, mas, antes do esperado, conseguiu outra pessoa para ocupar o térreo. Apesar do forte odor da sopa, ela ficou mais tranquila com o restaurante de *sundaeguk*. Foi buscar as coisas que tinha deixado na casa dos pais e se mudou com o marido para o terceiro andar da propriedade.

A criança gostava do subsolo. A mulher achava que era porque tinha muita coisa para ver e brincar ali. Disseram que tudo aquilo havia sido deixado pelos ex-locatários do segundo andar. Ela se perguntava no que trabalhavam, porque estava lotado de coisas como figurinos, calçados e objetos de cena que pareciam ter sido usados em uma peça. Quando acendeu a luz pela primeira vez, a criança apareceu do nada, sem fazer barulho nenhum, do meio de todos aqueles manequins sem cabeça vestidos com roupas estranhas, quase a fazendo desmaiar de susto. Mas quando teve a confirmação do serviço de dedetização de que o local estava livre de pestes e depois de trocar as lâmpadas, já não parecia tão assustador. Na verdade, ela passou a gostar dali, onde andava devagar por entre os manequins enfileirados debaixo do clarão das lâmpadas, observando as roupas extravagantes, tão diferentes das que via no cotidiano, e objetos misteriosos de cuja utilidade não fazia a menor ideia.

— Que estranho. Geralmente infestações de ratos costumam aparecer no subsolo para depois subir. Mas aqui foi o contrário — comentou o dedetizador depois de verificar o local, sem esconder a surpresa. — Os ratos e as baratas estavam principalmente no último andar. No subsolo, nada. Para falar a verdade, nunca vi um subsolo tão cheio de coisas como esse não ter nenhum bicho.

Ela ficou mais tranquila com a constatação do especialista. Assim, toda vez que a criança a puxava pela roupa e pedia que a levasse ao subsolo, ia com prazer. Mesmo achando que já tinha visto tudo que havia ali, sempre aparecia alguma coisa nova. Quando a criança surgia com roupas diferentes e novidades para mostrar, a mulher ficava contente, dividindo a alegria com ela.

Quanto mais velhos os habitantes de uma região, mais difícil é a adaptação dos recém-chegados. Pela primeira vez na vida, ela viveu a chamada hostilidade dos antigos moradores.

Durante a noite, alguém arranhou o carro que seu marido ganhara do irmão mais velho. No começo, tinha sido só uma marca na porta do motorista. Na noite seguinte, foi toda a lateral. E depois o carro inteiro foi riscado. No quarto dia, encontraram os faróis quebrados e, uma semana mais tarde, um rasgo surgiu no pneu de trás.

Ela e o marido imaginavam saber o motivo e quem era o autor daquele estrago todo. Depois de se mudarem, haviam estacionado o carro na frente do prédio, mas apareceu um homem alegando que aquela vaga era dele. Era um sujeito de trinta e poucos anos, que vivia em uma casa antiga no fundo da ruela. Esse homem — cuja família morava naquela casa desde a época de seu avô, ou seja, há três gerações, e que no passado fora muito rica, dona de toda a área ao redor — ordenou com toda a arrogância que tirassem o carro de lá, afirmando que aquela vaga era dele porque sempre tinha deixado seu carro ali.

A área podia ter sido da família dele, mas isso era passado. As coisas haviam mudado. A vaga na frente do prédio era prioritária para os moradores, de acordo com o programa da prefeitura. O marido já tinha terminado todo o trâmite administrativo e pagado as taxas referentes ao estacionamento. Mas claro que essas explicações mais do que lógicas não significavam nada para o homem.

— Se veio morar no bairro dos outros, tem que agradar os antigos moradores! — esbravejou o sujeito, enfiando o dedo na cara deles. — Onde já se viu chegar querendo violar as regras do bairro!

Nem ela nem o marido entendiam como estacionar numa vaga devidamente solicitada e aprovada pela prefeitura podia ser um ato de violação às regras do bairro. O marido propôs ignorá-lo e ela concordou. Foi uns dois ou três dias depois daquela discussão que alguém começou a danificar o carro deles.

Já no início, quando encontrou o carro arranhado, ela havia ficado aflita, mas o marido deixou passar, rindo. Ao encontrar os faróis quebrados e mais tarde o pneu rasgado, contudo, ele não estava mais achando engraçado. Resolveram instalar uma câmera de vigilância na parede do prédio, ao lado do poste de iluminação. Precisariam de provas se fossem abrir um processo.

O técnico da empresa garantiu que só o fato de ter câmeras já resolveria muitos dos incômodos. Talvez a câmera tivesse mesmo efeito, porque não houve problemas nos dias que se seguiram à instalação. Uma semana depois, porém, ela atendeu a uma chamada telefônica. Era para o marido, que precisava ir até a delegacia por causa de uma denúncia que estava sendo feita contra ele.

O autor era, claro, o homem da casa dos fundos. Alegava agressão. Disse estar voltando para casa tarde da noite, depois do trabalho, quando passou pelo carro estacionado na tal vaga e dali de supetão saiu o acusado, que bateu nele. O homem afirmava que o marido dela tinha usado a porta para derrubá-lo no chão, depois o levantado, esfregado sua cara no capô e então fechado a porta do carro em sua mão, provocando sérios ferimentos. De fato, ele tinha vários machucados e hematomas no rosto, a cabeça enfaixada e o braço direito engessado.

O marido não era de agir assim e ela sabia muito bem disso. Além do mais, no horário relatado pelo homem, o marido estava dormindo ao seu lado, e não tinha saído de casa naquela noite. Vendo que o casal negava sua versão dos fatos, o homem gritou, fez um escarcéu, mas ela e o marido contavam com uma arma infalível: a câmera de segurança.

Como não acontecera nada de mais desde a instalação da câmera, tanto ela quanto o marido tinham apenas deixado as imagens no arquivo, sem verificar. A filmagem exibida na presença do delegado responsável era um bocado estranha.

Na imagem, o homem saía de casa e seguia em direção ao carro. Aquilo ia contra o depoimento, no qual disse ter passado pelo carro voltando do trabalho. Segurava também algum tipo de ferramenta, que não dava para ver bem o que era por causa da baixa resolução.

O homem se aproximou do carro. No momento em que encostou a ferramenta na lataria, a porta se abriu de repente. Como ele dissera, parecia mesmo que a porta tinha sido aberta de propósito para atingi-lo. O vizinho perdeu o equilíbrio e caiu sentado no chão. No momento em que tentou se levantar, a porta voltou a se abrir e bateu na cara dele, e sempre que o homem fazia qualquer menção de ficar de pé, o mesmo acontecia, várias e várias vezes.

De repente, o homem estava erguido — não nas próprias pernas, mas como se estivesse sendo levantado por alguém invisível, puxado pelo peito — e em seguida foi atirado de cara no capô, onde ficou esperneando até por fim conseguir se equilibrar. Nesse momento, a porta da frente se abriu e bateu nele com força outra vez. O homem se apoiou na porta com a mão direita e, com a mão ali mesmo, a porta se fechou com força e esmagou seus dedos. Ele caiu ao lado do carro e começou a rolar pelo chão, segurando a mão machucada. Não havia som no vídeo, mas o vizinho parecia estar gritando, com a boca escancarada.

Depois de assistir, o delegado perguntou ao homem:

— E onde está a parte da agressão?

A única pessoa que aparecia no vídeo era ele mesmo. Pela imagem, era claro que o homem estava se batendo contra o veículo.

— E como o senhor abriu o carro? — insistiu o delegado. — Roubou a chave, por acaso?

No início, o vizinho protestou em voz alta, mas ao ver a expressão de desconfiança do delegado abaixou a voz.

— Não, mas é que saiu uma pessoa do carro e…

— Pessoa? Onde é que você viu uma pessoa sair do carro? — perguntou o delegado agressivamente, interrompendo o homem. — Isso aqui é tentativa de chantagem e falsa acusação! Bonito, hein? Está achando que a polícia é brincadeira, é?

— Mas eu tenho certeza de que uma pessoa…

— Me diz, então, cadê a pessoa? Cadê? Vai continuar mentindo mesmo depois de tudo que viu pela câmera? — o delegado rosnava enquanto o vizinho parecia suplicar.

O delegado informou que chantagem era crime e qual seria a respectiva pena, mas o jovem casal pediu para suspenderem a acusação, pois não queriam criar problemas com a vizinhança. Até o momento em que ela e o marido saíram da delegacia, o vizinho insistiu em dizer que uma pessoa tinha saído do carro, mas, por algum motivo, seu rosto agora parecia aterrorizado.

Pouco depois, a mulher ouviu a notícia de que o vizinho estava respondendo criminalmente por causa daquela confusão, mesmo que em liberdade. Um dia, voltando da feira, viu que o sedã de luxo dele, estacionado na ruela, estava cheio de pedradas enormes e todos os pneus estavam rasgados. Aquilo foi tão assustador que ela voltou correndo para casa.

O homem nunca mais implicou com a vaga. Quando cruzava com ela ou com o marido na rua, virava a cara e se afastava. Algumas vezes, chegaram a ouvi-lo resmungar sobre a desgraça daquele lugar, mas não ligaram.

A criança gostava de brincar no prédio. Entrava em todos os cômodos e, sempre que sumia da vista, a mulher podia apostar que estava no subsolo.

Era tudo que queria. Não gostava de sair de lá. A mulher tentou diversas vezes levar a criança à feira ou para fazer caminhadas pelo bairro, mas ela sempre fazia que não com a cabeça. E a mulher também não quis forçar.

Não estava sendo fácil encontrar um locatário para o segundo andar.

O aluguel era, na verdade, a única fonte de renda fixa da família. A mulher foi ficando cada vez mais preocupada, porque o andar já estava vago desde antes de comprarem o imóvel.

O marido sugeriu uma reforma.

— Não vai sair muito caro? Precisa de um alvará também. E se não conseguirmos um inquilino mesmo assim? — questionou, preocupada.

Mas o marido estava confiante.

— Meu amigo disse que está precisando de um escritório e que conhece uma pessoa que pode fazer a obra baratinho. A arquiteta fez a mesma faculdade que a gente e pode cuidar das autorizações e tudo.

Ela e o marido, que era mais velho, tinham se conhecido na associação estudantil da faculdade, assim como esse amigo dele. A arquiteta que ficou de se responsabilizar pela obra dizia também ter frequentado a mesma associação por um tempo. Ao cumprimentá-la, a mulher realmente teve a sensação de conhecê-la de algum lugar. A obra começou. O marido parecia muito empolgado com toda aquela gente — o amigo, a arquiteta e os pedreiros — indo e vindo no segundo andar. Ele, que não tinha levantado um dedo na hora de fazer a faxina depois de comprarem o imóvel, agora estava todo animado e se intrometendo em tudo que era detalhe na obra. Ela pensou ter descoberto uma nova faceta do marido: não sabia que ele tinha tanto afeto pelo imóvel. No fim, achou que a reforma havia sido uma boa ideia.

A criança não gostou nada da notícia. O barulho da obra devia estar chegando ao terceiro andar, porque a criança fazia de tudo para se esconder no subsolo.

Não era fácil aguentar as furadeiras, as marteladas e toda aquela poeira o dia inteiro. Exceto quando o marido a chamava ou o inquilino do primeiro andar reclamava, ela também passava o tempo escondida lá embaixo, brincando com a criança, porque o lugar era mesmo mais calmo.

Além de roupas vermelhas extravagantes em manequins e sapatos de bicos tão finos que pareciam impossíveis de andar, a criança encontrara diversos cadeados e fechaduras de ferro de tamanhos e formatos insólitos. Muitos deles tinham chave, mas mesmo assim eram difíceis de abrir. A criança lhe entregava esses objetos e se divertia ao vê-la mexer neles de forma desajeitada; gostava ainda mais, caindo na risada, quando ela levava um susto ao fechar um deles sem querer. No começo, a mulher não gostava muito da frieza do metal nem da estranha sensação quando os cadeados fechavam fazendo aquele barulho desagradável de ferro batendo. Mas vendo a criança rir, toda alegre, esquecia a sensação incômoda e se divertia fechando todos os cadeados e fechaduras que a criança encontrava e trazia para ela.

A obra, que parecia interminável, enfim ficou pronta, e o amigo do marido montou seu escritório no segundo andar. Ela achou estranho que, apesar da reforma tão grandiosa, o amigo parecia não ter nenhum funcionário. O marido dizia que o amigo estava sendo prudente, que um negócio que ainda estava começando tinha que ser assim mesmo. E ficava o tempo todo no escritório, como se tivesse sido contratado para trabalhar ali. Quando ela passava pelo segundo andar, sempre via os dois sentados, um de frente para o outro, falando ao telefone com todo o empenho do mundo. De vez em quando, o amigo lhe oferecia um suco de cor bem escura. Era tão azedo e ácido que, mesmo tentando beber até o final, por educação, era impossível passar de dois goles. Ele então explicava, usando um monte de termos difíceis, os efeitos anticancerígenos, antioxidantes e antienvelhecimento daqueles produtos, cultivados com apoio estatal num país europeu. O marido só assentia e corria para atender quando tocava o telefone.

O amigo sumiu em menos de três meses. Tirando o espaço ocupado pela mesa e as duas cadeiras, daquelas grandes e confortáveis, o escritório só tinha engradados do suco em caixinhas e uma geladeira no canto. Ela imaginou que seria o mesmo suco de cor forte que ele oferecia. Nos pacotes e nos engradados havia a imagem de frutinhas azuladas, que apodreciam aos montes na geladeira.

— O prejuízo não foi tão grande. Ainda temos o valor da garantia da locação — falou o marido, despreocupado. — Além do mais, ele deixou os produtos. Cada caixa vale duzentos mil wons... Olha quanto vai dar se vendermos tudo.

Na tentativa de amenizar o prejuízo, o marido ligou para os seus conhecidos fazendo propaganda dos efeitos anticancerígenos da fruta azul. Mas ela duvidava de que ele fosse conseguir vender todas as caixas que ocupavam o segundo andar.

Foi então que ela começou a receber telefonemas.

E se não tivesse concordado com a reforma? E se não tivesse alugado o escritório para o amigo?, ela remoía, arrependida.

Sabia muito bem que não podia voltar atrás. Mas, mesmo assim, se perguntava o dia inteiro. Qualquer um, no lugar dela, teria feito a mesma coisa.

O marido falou que tinha pedido um empréstimo de vinte milhões de wons. Mas pelo menos era apenas um investidor no negócio do amigo e não, felizmente, fiador ou sócio.

Ela teve vontade de chorar. De gritar. Levara sete anos para quitar sua dívida. Naqueles sete anos, tinha trabalhado até tarde e investido todo o salário, que não era muito, para pagar a dívida que agora voltava a assombrá-la. Não importava o valor, porque assim que ouviu a palavra "empréstimo", ficou sem chão.

O marido sempre desejou uma vida alternativa, que não se limitasse às amarras do capitalismo. E, como na época da faculdade ela também desprezava a mesmice e a pequenez da pressão por boas notas, experiência profissional, concursos públicos ou cargos de chefia em grandes empresas, achava que pensavam da mesma forma. Casaram assim que ela terminou a faculdade e entrou para o mercado de trabalho. Não demorou muito para perceber que uma vida alternativa não significa nada sem um plano meticuloso e que uma empresa que não se limita às amarras do capitalismo é pura e simplesmente uma caloteira: se matava de trabalhar numa empresa que, por não se limitar às amarras do capitalismo, na verdade era sustentada pelo sacrifício de seus empregados. Enquanto isso, o marido, apesar de ser seu veterano, demorou mais para terminar os estudos e permaneceu à procura dessa vida alternativa sem nunca se estabelecer em qualquer profissão. O resultado: um empréstimo de vinte milhões de wons pego e gasto pelas costas dela.

O marido disse que pagaria a dívida, que faria qualquer coisa para isso, e ela sabia que ele estava sendo sincero. Mas sabia também que a vida não era tão fácil a ponto de se conseguir vinte milhões de wons apenas com sinceridade.

Por isso, procurou se informar se o marido poderia pegar outros empréstimos hipotecando o imóvel, que estava no nome do casal, sem que ela soubesse. Pensou também em transferir o bem para o seu nome apenas, mas desistiu por causa de complicações como imposto de herança e doação. Por enquanto, parecia que ele não poderia contrair outra dívida deixando a propriedade como garantia sem o seu consentimento. Mas ficou apreensiva quando soube que, se o pior acontecesse, ela conseguiria preservar apenas metade do patrimônio porque o prédio estava no nome dos dois.

O sustento do casal dependia disso. E, para ela, o imóvel significava muito mais do que simples renda de aluguel. Era tudo o que tinha conseguido depois de tanto lutar contra o mundo. E, enquanto dava tudo de si, o marido havia simplesmente montado nas suas costas, sem ajudar em nada. Esse empréstimo de vinte milhões de wons, feito sem sua aprovação, serviu para abrir seus olhos.

O marido sempre saía para fazer uma trilha numa colina perto de casa. Ele não passava tanto tempo fora a ponto de deixar a mulher preocupada, mas não tinha hora fixa. Algumas vezes saía de manhã cedo, então passava alguns dias sem ir e, de repente, decidia fazer a caminhada no fim da tarde. Desde que o amigo fugira com todo o dinheiro, o marido passava o dia todo ao telefone no escritório, e, quando se sentia cansado, saía para dar uma volta.

Foi numa tarde como essa que ela recebeu a ligação. Tinha descido ao segundo andar para chamar o marido para o almoço, mas só encontrou o celular dele sobre a mesa. No momento em que entrou na sala, o telefone começou a tocar como se estivesse esperando por ela.

Seria finalmente alguém disposto a comprar aquele suco? Atendeu o telefone com uma ponta de esperança. Assim que disse "alô", porém, a pessoa do outro lado da linha ficou um tempo sem dizer nada. Então repetiu:

— Alô, pode falar.

— É você, sua vaca?

Foi pega de surpresa pela hostilidade na voz feminina no outro lado da linha.

— Como? — respondeu, confusa.

— É você, a mulher do caloteiro?

— Hein? — perguntou.

A mulher do outro lado da linha estava enfurecida.

— Não foi esse filho da puta aí que convenceu o meu marido a começar a vender aquela porcaria de fruta e sumiu com todo o dinheiro?

Só então ela começou a entender. Mas, ao mesmo tempo, achando que a outra estava sendo injusta, sentiu raiva.

— Nada do que você está dizendo é...

Mas a mulher não dava trégua.

— Ele pôs tudo no nome do meu marido e deixou a bomba na mão dele. Ainda por cima ficaram com os produtos para embolsar o dinheiro da venda, não é? Vocês roubaram todos os contatos do meu marido, ficaram com a parte boa e agora não querem mais saber de nada...

— Escute aqui, minha senhora! Quem levou calote fomos nós... — levantou a voz.

Do outro lado da linha, a outra mulher começou a atacar usando palavras cada vez mais grosseiras. Quando ela disse para tomar cuidado com o que dizia, o que ouviu foi uma risada debochada.

— Olha só, defendendo o maridinho, é? Não sei de onde as cornas tiram tanta vontade de defender o pulador de cerca. Mal sabe que o desgraçado trouxe a outra, a tal da arquiteta, para te chifrar bem debaixo do seu nariz... Que belo casal!

— O quê?

Percebendo que tinha conseguido deixá-la nervosa, a mulher do outro lado, que parecia satisfeita, disse sem pressa:

— Só fique sabendo que tenho a gravação de todas as ligações e mensagens de texto como prova, e vocês não têm como escapar. Achou que ia ficar quieta se você se fizesse de sonsa, é?

Ela teve vontade de perguntar que provas eram aquelas. Mas a mulher do outro lado parecia ter passado da fase da raiva e dos palavrões para a da choradeira.

— E onde é que o idiota do meu marido foi conhecer esses patifes que se dizem colegas de faculdade para largar até o emprego... Duvido que vocês tenham mesmo estudado naquela universidade, não é? Vocês falsificaram tudo, não foi?

No momento em que a outra começava a voltar para a fase da ira, ela ouviu alguém digitar a senha da fechadura digital do térreo.

O marido. Tomada por um medo inexplicável, desligou o telefone depressa.

Ouviu alguém subir as escadas. Devolveu o telefone na posição em que estava e foi para perto da geladeira. Abriu e começou a olhar lá dentro. Ela tinha limpado uma vez, pouco depois do sumiço do amigo. As frutas, que estavam frescas na época, começavam a estragar.

Ouviu digitarem a senha do escritório.

Era o do primeiro andar. Devia ser o pessoal de lá voltando do almoço.

Respirou aliviada.

Olhou para o celular do marido sobre a mesa.

As palavras "gravação das ligações e mensagens de texto" rodopiavam na cabeça.

Ela sabia a senha do marido.

Não tinha certeza se era bom ou ruim o fato de o restaurante de *sundaeguk* ter trazido à tona o problema das luvas justo naquele momento.

O dono do restaurante, um senhor de idade, tinha vindo sozinho na primeira vez. Como era ela quem sempre lidava com os locatários, talvez o velho tivesse achado que dava conta de convencer uma jovem a fazer o que ele queria. Mas por algum motivo misterioso o marido insistiu e fez questão de estar presente na reunião, o que não era habitual. Então os três se sentaram para conversar.

Quando o dono do restaurante falou das luvas, o marido explicou o que a lei dizia sobre o caso. Então o velho ameaçou denunciar os proprietários, dizendo que tinham firmado um contrato com valor do aluguel mais baixo para evitar os impostos. Sem se deixar abalar pela ameaça, o marido continuou, com muita polidez, sem deixar de chamá-lo de "senhor" o tempo todo, e argumentou:

— Sendo o contrato de locação firmado entre as duas partes, o senhor também tem a sua parcela de culpa. Além disso, o valor do aluguel não é tão alto assim, e o período de locação também foi curto, então o valor total dos impostos devidos, mesmo com juros, não será grande. Para mim, parece melhor pagar uma multa às autoridades do que ressarci-lo com um valor de trinta milhões de wons de luvas que, judicialmente, não tem nada a ver com o proprietário, não acha, meu senhor?

O velho foi ficando cada vez mais irritado e, depois de repetir várias vezes "Vocês são muito novos e por isso não sabem de nada", largou um "Vocês vão ver o que vai acontecer" e foi embora. Pouco depois, voltou com o chamado "assistente", todo de preto. Se não entregar os trinta milhões, o problema não será apenas a denúncia por sonegação, mas sim a possibilidade de danos físicos: essa era a ameaça implícita do velho.

— Da próxima vez a gente pode gravar a conversa e denunciar à polícia — disse o marido, calmo como sempre.

Será que haverá uma próxima vez? Era a dúvida da mulher. Mas, ao mesmo tempo, quando ouviu a palavra "gravar", ela se lembrou das informações que havia descoberto com aquela ligação. O aperto no coração foi tão forte que se calou. O marido, achando que tinha conseguido acalmar a esposa, se deu por satisfeito. E a conversa terminou assim.

Chorou enquanto brincava com a criança no subsolo.

Quando a criança perguntou por que ela estava chorando, a primeira coisa que lhe veio à cabeça foi o rosto do velho do restaurante de *sundaeguk*. Não tinha condições nem obrigação de pagar os trinta milhões que ele pedia, mas tampouco tinha o dinheiro para pagar a multa por sonegação. Estava com uma dívida de vinte milhões que o marido havia feito escondido dela, o segundo andar continuava sem locatário e o restaurante de *sundaeguk* do térreo deixara de pagar o aluguel desde o mês anterior, sob o pretexto de que rescindiria o contrato em breve.

— Não é nada — ela dizia, balançando a cabeça enquanto fazia força para sorrir. — É que as coisas de adulto são muito complicadas.

Por mais que a boca sorrisse, lágrimas não paravam de escorrer.

Sem dizer nada, a criança se abaixou e ficou ao seu lado enquanto ela chorava.

O dono do restaurante de *sundaeguk* não recebeu o valor das luvas.

O velho foi encontrado morto na cozinha do estabelecimento. Disseram que parte do corpo dele estava fervendo na enorme panela que eles usavam para fazer caldo.

Quando a polícia começou a investigar o caso de homicídio violento nunca visto na história do bairro, a filha e o genro do dono fizeram as malas e desapareceram sem deixar rastro.

Passados alguns dias, a mulher viu uma reportagem no jornal com a foto do "assistente", o homem de preto que tinha participado da reunião com o dono do restaurante. Dizia que o homem era membro de uma gangue e tinha sido encontrado morto na casa da amante.

Segundo o depoimento da moça, ela havia saído para trabalhar enquanto ele ainda estava dormindo e, quando voltou, o encontrou morto. Como o tórax do morto apresentava uma fratura de formato insólito, a polícia investigava a possibilidade de vingança de gangues rivais.

Mesmo quando brincava com a criança no subsolo, não conseguia parar de pensar nessas coisas.

Era bom ter se livrado das ameaças. E, por enquanto, não precisava se preocupar com dinheiro, já que não havia ninguém ameaçando levar a denúncia de sonegação adiante, nem pedindo ressarcimento indevido das luvas. Parecia que a loja de roupas que tinha ficado de alugar o térreo estava entre cancelar o contrato e adiar a mudança, mas ela não estava com cabeça para pensar nisso.

Clang!

Virou-se assustada. A criança estava na frente dela, brincando com um cadeado que devia ter encontrado em algum lugar. Esse era fácil de abrir e fechar porque bastava girar a haste. A criança parecia se divertir com o movimento e o som que fazia ao fechar.

Clang!

Olhando para a criança que mexia no objeto com um grande sorriso, a mulher se lembrou da passagem da matéria que dizia: "O tórax apresentava uma fratura de formato insólito...".

Clang!

Enquanto fechava o cadeado, a criança olhava para ela com um grande sorriso, cheio de orgulho.

A vida é feita de um problema atrás do outro. Principalmente quando se é casado e tem uma família. Ao procurar refúgio dos problemas do mundo exterior no próprio lar, era a vez de a família surgir com os próprios problemas.

Depois da questão do pagamento das luvas ter se resolvido — apesar da maneira macabra, era possível dizer que tinha sido uma solução —, agora era a esposa do amigo ligando. Na verdade, ela nunca deixou de ligar, mas o marido evitava as ligações, e como a mulher não tinha energia para enfrentar aquilo, fazia de conta que não sabia. Isso deixava a outra ainda mais irritada, o que fez com que começasse a ligar diretamente para ela também.

— Seu marido está te traindo com a arquiteta!

— Você se fazer de sonsa só me prova que também é uma caloteira.

— Vocês são todos da mesma faculdade? Então foi você que apresentou a outra para o seu marido. Só pode ser.

— Eu sei que foi você que incitou o seu marido a te trair e a dar calote nos outros. E agora se finge de inocente e se faz de vítima. Estou sabendo de tudo.

— Então é bom você devolver logo o dinheiro que extorquiu do meu marido e dizer onde ele está.

— Não aguento mais viver com todos esses credores atrás de mim. Me diga logo o paradeiro do meu marido e devolva o dinheiro ou vou te processar!

Quanto mais falava com a mulher do amigo pelo telefone, quanto mais ouvia suas histórias, mais certeza tinha de que aquela mulher era completamente louca ou, pelo menos, bastante perturbada. Sentiu até um pouco de pena. Era compreensível: o marido, num belo dia, resolve montar o próprio negócio, então some de uma hora para a outra e deixa todos os credores para infernizar sua vida. Logo a esposa do amigo, que não tinha culpa de nada, que não sabia de nada, era a que mais sofria.

Mas não estava em condições de sentir pena ou ajudar a mulher que ligava o tempo todo para gritar e xingar.

Segundo as mensagens preciosamente guardadas no celular do marido, ele e a arquiteta estavam de caso havia muito tempo. Os vinte milhões de wons que ele dizia ter investido no negócio, na verdade, tinham sido entregues a ela, sob pretexto da reforma do segundo andar. O amigo nunca havia pedido para reformar o escritório; perguntou apenas se era possível usar a sala vaga no prédio por dois ou três meses. Quando a obra começou, esse amigo, sem saber o que fazer diante de tanto exagero, mandou uma mensagem dizendo que não precisava de tanto. Que bastava um lugar onde deixar sua mesa durante alguns meses.

O que o marido queria, na verdade, era mostrar à amante que era proprietário de um imóvel vistoso. Numa das mensagens dizia, todo confiante: "Precisando de mais dinheiro, é só falar". A mulher chegou à conclusão de que, na cabeça do marido, não havia espaço nem para admitir que aquele dinheiro da obra não passava de dívida nem para aceitar o fato de que o imóvel fora adquirido com o dinheiro que ela juntara se matando de trabalhar.

Dessa vez, a mulher não chorou olhando para a criança que brincava sozinha. Estava em silêncio e pensativa, os olhos fixos no cadeado que a criança abria e fechava repetidas vezes.

Enquanto brincava com o cadeado, a criança sorriu olhando para a mulher. Ela até tentou sorrir de volta, mas não conseguiu.

O marido saiu de casa tarde da noite, dizendo que ia dar uma volta na colina.
Uma tempestade começou a cair.
Ele nunca mais voltou para casa.

Houve um acidente na rodovia. O carro escorregou na pista molhada e bateu na mureta. A motorista tinha sido levada ao pronto-socorro, mas estava em estado grave. O homem que estava junto foi encontrado ao pé da colina, com o pescoço quebrado. Fora jogado para fora do veículo na hora da colisão. A morte foi instantânea.

Depois que o marido morreu, a criança passou a andar atrás dela o dia inteiro, mesmo quando estava no telefone com a mãe.
— Você anda comendo bem? Tem dormido?
— Sim. Tenho comido direito e dormido bem.
Enquanto falava ao telefone, ela fez gestos para pedir cuidado à criança, que corria pela sala dando gargalhadas.
— E o prédio? Está tudo certo? Algum problema com aluguel?
— Nenhum. Agora tem uma loja de roupas no térreo e a editora do primeiro andar paga sempre em dia.
— Você tem saído? Não está trancada em casa, não é?
A criança correu para abraçá-la. A mulher acariciou sua cabeça.

Não tinha reparado como a criança ficara mais nítida.

— Ah... — falou sem muita firmeza. — É que eu não gosto muito de sair...

— Não pode ficar enfiada em casa. Precisa passear, tomar um pouco de ar fresco. Você é jovem e nem filhos tem. Não há motivo para passar o resto da vida viúva. Vá viajar, saia para se divertir um pouco...

Rindo, a criança estendeu a mão para tirar o telefone dela. A mulher fez que não com a cabeça.

— Não, a mamãe está falando no telefone.

— Hein? O que você disse?

— Nada, mãe — respondeu ela.

— Tem alguém aí?

— Não. Quem mais estaria aqui além de mim?

A mãe suspirou.

— Não gosto de imaginar você sempre sozinha aí. Nem me deixou passar um tempo com você...

— Mãe — interrompeu ela, para não deixar a mãe ficar lamentando ainda mais. — Eu estou bem e gosto das coisas como estão. Preciso de mais um tempo para descansar e me recompor. Quando estiver melhor, prometo cuidar de todo o resto.

— Por acaso os seus sogros têm te perturbado? — Havia uma ponta de apreensão na voz da mãe. — Onde já se viu, no tempo em que vivemos...

— Não é nada disso, mãe — respondeu ela às pressas. — Mas preciso ver a panela que está no fogo. Tenho que ir. Ligo mais tarde.

— Está bem. Se cuida, descansa um pouco. Não precisa se preocupar tanto com a casa. Vá passear um pouco.

— Pode deixar. Tchau.

Ela desligou o telefone e olhou para a criança.

— Agora somos só você e eu — disse.

A criança parou de correr e a encarou. Ela sorriu, alegre.

— Quer viajar com a mamãe? — perguntou. — Você nunca saiu daqui, não é mesmo? Quer sair com a mamãe? Que tal irmos para longe, bem longe daqui?

A criança agora a olhava com uma expressão muito séria. Em silêncio, fez que não com a cabeça.

Era a resposta que esperava. A criança estava ali desde o início. E nunca poderia sair.

Enquanto estivesse com a criança, também não poderia deixar o prédio.

Achou que não era má ideia.

— Vem aqui.

Abriu os braços. A criança veio correndo abraçá-la, e a mulher quase caiu para trás.

No início, quando a encontrou pela primeira vez, a criança não passava de uma sombra tênue no subsolo.

Agora, tinha forma clara, calor de verdade e uma pele macia. Estava maior, mais pesada e mais nítida.

A mulher se orgulhava disso.

— De agora em diante vamos ser só você e a mamãe — disse, abraçando a criança-sombra com força. — Vamos viver felizes, você e a mamãe.

Sussurrando, beijou a testa macia e pálida da criança.

O rosto da criança abriu um grande sorriso, olhando aquela mãe por quem tanto esperou sem poder sair do subsolo escuro do prédio.

O senhor do vento e da areia

0

Havia uma embarcação de engrenagens douradas sobre o céu do deserto arenoso. Brilhava tanto quanto o sol ou até mais, pois o clarão se refletia em cada movimento das dezenas de milhares de rodas dentadas. A majestosa e reluzente embarcação dourada movia-se devagar, flutuando no ar sobre as areias quentes do deserto, envolta por raios de sol cintilantes e feixes de luz ondulantes e dourados, resplandecendo na estrutura.

1

Dizia-se que o senhor da embarcação áurea era um grande guerreiro e um poderoso feiticeiro. Segundo a lenda, houve uma guerra entre o rei do deserto e o senhor da embarcação, que lutaram pela hegemonia das terras que iam além do horizonte até o sol dourado. Na batalha final, o rei do deserto amputou o braço esquerdo do senhor da embarcação áurea. Enquanto o sangue jorrava da ferida, o senhor amaldiçoou o rei:

— Da mesma forma que você fez comigo, todos os seus descendentes nascerão inválidos. Tendo jorrado meu sangue sobre as areias do deserto, nenhuma progenitura sua a reinar sobre estas terras escapará deste destino.

O rei do deserto não acreditou na maldição. O senhor

da embarcação voltou para o veículo atravessando o ar iluminado pelo sol montado no cavalo feito de engrenagens de ouro. Diante daquela cena, o rei comemorou a vitória com um sorriso. Havia sangue por todo o deserto percorrido pelo senhor da embarcação áurea. Olhando para as manchas que borbulhavam feito pequenas chamas para logo em seguida secarem na areia sob o calor sufocante, o rei deu gargalhadas tão carregadas de malevolência e presunção que alcançaram até a embarcação suspensa no ar.

2

Passado algum tempo, o rei do deserto teve um filho que nasceu cego. A cólera do rei foi tamanha que parecia capaz de atingir o céu. De desgosto, a rainha adoeceu e aos poucos perdeu a vontade de viver.

Tendo perdido a mãe, o príncipe foi criado por servos, que, apesar de cuidarem dele com todo o rigor, estavam sempre temerosos. O rei do deserto era a ira em pessoa, e seu príncipe uma maldição. Para se precaverem contra a ira e a maldição, os servos se curvavam e se submetiam sempre. Assim, todos os atos de cuidado, como alimentar, vestir e até mesmo embalar o pequenino, eram desprovidos de amor.

Para sobreviver, os bebês nascem com uma incrível capacidade de compreender a realidade que os rodeia. Sua percepção pode parecer limitada, porém, comparados aos adultos, eles reconhecem com muito mais precisão e rapidez o grau de bondade e confiança com que as pessoas os tratam. O príncipe cresceu em meio a abundância e beleza, cercado de pessoas polidas e corteses, porém sem afeto. Para o príncipe, essa era a natureza das pessoas e do mundo.

3

O príncipe cresceu, passou pela infância e se tornou um rapaz. Apesar da cegueira, era o único herdeiro, o futuro rei do deserto. Chegando à maturidade, o rei enviou súditos para terras distantes, até o reinado do prado, que ficava além do horizonte infindável de suas terras arenosas, para pedir a mão de sua princesa como futura rainha do deserto.

Sabendo da cegueira do príncipe, de início o senhor do prado recusou, mas se deixou convencer diante de incontáveis preciosidades como seda e joias oferecidas. Assim, escoltada pelos súditos, a princesa do prado chegou ao deserto para se casar com o príncipe amaldiçoado.

4

O casamento foi marcado para dali a três meses. Todos os servos e súditos correram para dar conta dos preparativos. O palácio real, que costumava ser vazio e silencioso, ganhou vida.

O príncipe estava curioso para conhecer a noiva, a princesa do prado. Queria saber se tinha conhecimento de sua cegueira; se sim, o que a trouxera até ali e, se não, qual seria a reação ao descobrir... Mesmo sabendo da tradição que o proibia de encontrar a noiva antes do casamento, o príncipe precisava entender que tipo de pessoa era a princesa antes que fosse tarde demais.

Desde pequeno, o príncipe conhecia todos os corredores, atalhos e passagens secretas do palácio. Como ninguém desconfiava de um príncipe cego, ele pôde explorar todos os cantos, até os mais escondidos, com toda a liberdade. Nem os lugares totalmente escuros nem o breu da madrugada impediam que vasculhasse o palácio. Certa noite, quando todos adormeceram, foi até o aposento da princesa.

Ela estava dormindo. Ouvindo atenciosamente a respiração da jovem desconhecida, o príncipe ficou ali, estático.

Ela abriu os olhos. Como era cego, ele não percebeu e permaneceu parado.

— Quem é? — perguntou a princesa. — O que está fazendo no meu aposento a essa hora da noite?

O príncipe levou um susto, mas logo se recompôs e respondeu com calma:

— Vim conhecer a minha noiva.

5

Enquanto o príncipe tateava delicadamente o rosto da princesa, ela continuou inerte, com os olhos fechados. As sensações que a carícia das mãos daquele homem desconhecido lhe causaram foram timidez, cócegas e agrado. Ao mesmo tempo, sentia medo e certo alvoroço por estar transgredindo os costumes. Toda vez que os dedos do príncipe tocavam o seu rosto, a princesa ruborizava um pouco mais.

Quando o príncipe afastou as mãos, a princesa estava completamente apaixonada. Só não sabia se esse amor que sentia era pelo príncipe ou simplesmente excitação por esses sentimentos desconhecidos.

— Você é linda — sussurrou o príncipe. — Ah, se eu pudesse ver... Se eu pudesse ver, nem que fosse uma só vez, o rosto da minha linda noiva...

Lágrimas escorreram lentamente dos olhos dele.

— Não chore — consolou a princesa. — Você pode sentir meu rosto quando quiser. Pois estarei sempre ao seu lado.

— Mas essa infelicidade não terminará em mim — falou o príncipe, ainda chorando. — O senhor da embarcação áurea amaldiçoou a minha família. Disse que ninguém escapará enquanto um descendente do sangue do meu pai reinar no deserto.

— Por quê? — perguntou a princesa, assustada. — Por que razão ele rogaria uma maldição horrenda como essa?

— Foi porque perdeu um braço junto com a guerra — explicou o príncipe. — Disse que faria de todos os descendentes do meu pai inválidos, porque meu pai fez o mesmo com ele.

Mais lágrimas caíram dos olhos do príncipe.

— Se você se casar comigo, os filhos que tivermos e também os filhos deles serão todos inúteis, assim como eu. E se um dia o senhor da embarcação áurea voltar a invadir o nosso reino, com um rei inválido, seremos arrasados.

Então o príncipe abaixou a cabeça e chorou ainda mais.

A princesa abraçou-o e tentou consolá-lo. Seu ombro ficou encharcado com as lágrimas.

Ele deixou seus aposentos antes do nascer do sol. Sentada sozinha na penumbra, a princesa tinha o olhar fixo no céu do leste que começava a aclarar. Vendo a embarcação de engrenagens de ouro percorrer devagar o horizonte onde o sol começava a nascer, tomou uma decisão.

Iria procurar o senhor da embarcação áurea para desfazer a maldição. Pelo príncipe, seu futuro marido, pelos seus filhos e pelos filhos desses filhos que ainda estavam por vir.

6

Não era fácil sair do palácio real escondida. Era uma noiva de casamento marcado e a futura rainha. Estava o tempo todo rodeada por servas, além de sempre haver alguém à porta de seus aposentos. Por isso, quando o príncipe voltou no meio de uma noite, ela resolveu pedir ajuda.

— Além de bela é também corajosa — admirou-se o príncipe. — Eu conheço um caminho que dá para fora do palácio. Mas você terá que chegar até a embarcação áurea por conta própria e enfrentar o senhor sozinha. Acha que consegue?

— Preciso tentar — respondeu a princesa, firme. — Não quero desafiá-lo para uma luta. Sou apenas uma donzela a pedir um favor. Não acredito que ele vá me fazer mal.

— Isso não sabemos. Sua natureza é cruel... — Preocupado, o príncipe lamentou. — Eu iria junto se pudesse ver...

— Se você pudesse ver não haveria necessidade de eu procurar o senhor da embarcação áurea — respondeu a princesa, sorrindo. — Por favor não me queira mal caso eu venha a falhar.

— É claro que não — disse o príncipe, segurando seu rosto. — Fico grato pela coragem que criou por mim.

— E mais uma coisa — acrescentou a princesa. — Caso eu consiga o que planejo, o rei pode ficar enfurecido por eu ter escapado do palácio antes do casamento. Se for descoberta no caminho de volta, corro o risco de ser expulsa para minha terra natal.

— Não se preocupe com isso — falou o príncipe. — Tudo o que você está fazendo é por mim. Prometo protegê-la, pois você é minha noiva, minha esposa.

A princesa respondeu com um beijo na boca.

7

O príncipe guiou a princesa até o portão nos fundos do palácio. Chegando ao local com uma fresta entre as pedras do muro caído, os dois apaixonados voltaram a se abraçar e a se beijar.

— Por favor, espere por mim — sussurrou a princesa.

— Volte sã e salva — pediu o príncipe.

Com muito cuidado, a princesa se agachou para passar pela fresta do muro desmoronado. Ao sair, virou-se para olhar o palácio e, em seguida, para o céu do deserto, sem lua nem estrelas, por onde a embarcação de engrenagens de ouro flutuava, reluzente e fria. Começou a andar naquela direção.

8

De dia o sol era impiedoso, e a princesa, nascida e crescida no prado, não estava acostumada a andar na areia quente do deserto. Demorou bastante para alcançar a embarcação dourada; se cansava rápido e as paradas para descanso eram inúteis, pois não conseguia se recuperar no meio daquela areia tórrida.

Só conseguiu um pouco de sossego depois de chegar à sombra debaixo da embarcação suspensa. A areia e o ar continuavam quentes, porém a sombra amenizava um pouco a situação. Além do mais, era a primeira proteção do sol que encontrava desde que deixara o palácio, após percorrer uma distância considerável até lá.

Enquanto recobrava as energias, a princesa pensou em como subir até a embarcação que oscilava levemente no ar. Não havia âncora nem correntes. Teve a impressão de que o veículo resplandecente podia sumir além do horizonte a qualquer momento.

Foi então que as engrenagens de ouro começaram a se movimentar, emitindo ruídos metálicos.

Uma escada surgiu da abertura entre as rodas dentadas.

Enquanto a princesa olhava espantada, a escada desceu até tocar na areia.

Ela se levantou. Foi até o centro da sombra e começou a subir os degraus, já aquecidos pelo sol. Sentiu como se as mãos queimassem, mas aguentou o sofrimento e continuou, passo a passo.

Quando finalmente conseguiu subir a bordo, ouviu uma voz grave e enigmática retumbar, estremecendo tudo ao redor.

— O que traz a princesa do prado à embarcação do tempo e do vento?

A princesa levantou a cabeça.

O senhor da embarcação áurea estava à sua frente.

9

Diferente do que imaginara, o senhor da embarcação áurea tinha o aspecto de um homem comum. Não vestia uma armadura de ouro, nem trazia uma roda dentada no lugar do rosto, nem seu corpo era feito de areia. Tinha a pele bronzeada e cabelos claros, da cor de areia, como se fossem desbotados pelo sol e pelo vento. Só os olhos eram ardentes, de um dourado intenso. Como dissera o príncipe, o senhor da embarcação áurea não tinha o braço esquerdo; a manga da blusa branca, também desbotada pelo sol, se agitava ao vento.

— O que a traz até a embarcação do tempo e do vento? — voltou a perguntar.

Ao contrário da aparência física, a voz dele não era humana. Ressoava como passos de uma fera ecoando por uma caverna, ou como um terremoto se alastrando pelo prado.

— A maldição... — a princesa começou a falar. Nesse momento, um vento forte começou a soprar. Ela não conseguia falar por causa da ventania quente e da areia. Não podia enxergar. — Vim pedir para que desfaça a maldição!

Vendo que não havia sinais de calmaria, ela gritou o quanto pôde:

— Por favor, desfaça a maldição rogada sobre o rei do deserto!

— Que maldição?

Mesmo em meio à tempestade de vento, a voz do senhor da embarcação áurea era nítida. Quando falava, parecia estremecer até o vendaval.

— Por favor, restaure a visão do príncipe! Que seus filhos e os filhos de seus filhos também gozem de saúde!

O vento parou de soprar.

— Por quê? — perguntou o senhor em voz baixa.

Sentindo que aquelas poucas palavras faziam tremer não só o convés dourado mas também o deserto de areia, a princesa se arrepiou de medo.

— Porque é covardia amaldiçoar alguém só porque perdeu a guerra — gritou a princesa, mantendo a coragem a muito custo. — Reconheça a derrota e desfaça a maldição. O príncipe será meu marido, e seus filhos serão meus.

— A maldição não é minha. Não faço isso com reles humanos — respondeu o senhor da embarcação áurea.

— Está mentindo! — A princesa ficou confusa, mas insistiu. — Então por que o príncipe nasceu cego?

— A verdade é diferente do que pensa — respondeu ele. — Eles foram amaldiçoados por terem começado uma guerra.

O céu, que fica entre o horizonte e o sol e a lua, nunca foi e nunca será permitido ao domínio dos homens. Minha embarcação navegou pacificamente por estes céus desde o início dos tempos. Quem levantou a arma, cegado pelo ouro, foi o rei do deserto — explicou o senhor da embarcação com toda a calma. — Os que olham longamente para o sol acabam por perder a vista. O rei do deserto cometeu a tolice de apontar a espada contra o sol. Seu filho está pagando pelo pecado do pai.

— Por favor, desfaça a maldição! — suplicou a princesa. — Ou então me diga, pelo menos, o que posso fazer para quebrá-la. O príncipe do deserto está sofrendo desde que nasceu por causa do pecado do pai. Ele, o futuro monarca, jamais provocará uma guerra, nem que seja pelos filhos que nascerão. Eu prometo. Desfaça, por favor, a maldição!

O senhor da embarcação áurea suspirou. Mais uma vez, a princesa sentiu o convés de ouro estremecer.

— Está bem — respondeu, devagar. — Quando chover no deserto, devolva o peixe cego para o mar. A maldição do príncipe será quebrada então.

Antes que a princesa perguntasse o que aquilo queria dizer, o senhor da embarcação continuou:

— Os homens são muito diferentes do que a princesa pensa. Mesmo com a maldição quebrada, você não poderá se casar com o príncipe.

Com isso, levantou a mão que lhe restava e fez um leve gesto de dispensa.

Em seguida, a princesa se viu flutuando no ar. Chegou ao chão do deserto descendo suavemente, feito uma pluma.

10

A princesa vagou pelo deserto por um bom tempo.

A embarcação não a deixara no mesmo local em que tinha subido as escadas. Tendo nascido e crescido no prado, ela havia aprendido a ler a posição do sol, da lua e das estrelas para se orientar. Portanto, tinha uma vaga ideia de onde havia subido na embarcação, de onde fora deixada e de como voltar para o palácio. Mas não havia nada além de areia ao seu redor, e as dunas mudavam o tempo todo de acordo com o vento. No prado, por mais que o vento soprasse, o horizonte, o campo e a vegetação não mudavam. A inconstância dos arredores era incomum. Além de tudo, a princesa não tinha ideia de quanto tempo levaria enfrentando aquelas dunas para regressar ao palácio. Tudo o que podia fazer era andar e andar em direção ao sudoeste, guiando-se pela posição do sol.

Por mais que pensasse, não tinha ideia do que seria um peixe cego e de como encontrar o mar no meio das dunas de areia. Cansada de tanto andar, foi se esquecendo daquilo.

O pouco de água e frutas secas que levava tinha acabado antes mesmo de chegar à embarcação áurea. As dunas eram inconstantes e infinitas. A princesa teve certeza de que morreria no deserto, sem jamais conseguir voltar ao palácio.

11

A noite no deserto era muito fria. O vento soprava tão forte como de dia. Quando se sentava por um momento para descansar, as dunas se assomavam de maneira ameaçadora. Precisava continuar andando para não ser soterrada.

Perdida, a princesa movimentava as pernas mecanicamente. A cada passo, o pé afundava na areia.

Sentia saudades do prado. Do horizonte aberto e plano, sem a ondulação das dunas. Também da terra firme e dos arbustos e das plantas que a cobriam. Sentia saudades da época em que cavalgava por aquelas terras sólidas e vastas. Aquela terra firme onde se ouvia o bater das ferraduras do cavalo...

Tropeçou em algo.

Caiu de cara na areia fofa. Só conseguiu se levantar após muito se debater. Tossindo e limpando a areia que invadia até as narinas e a boca, foi investigar o que a tinha feito tropeçar.

Havia algo grande e arredondado semienterrado na areia.

A princesa nunca tinha sentido nada além de areia sob seus pés, nem antes de encontrar a embarcação áurea nem depois de ter descido de lá. Então, sentada ao lado daquele objeto, começou a cavar.

A noite se aprofundava. Sem saber o que era aquilo, a princesa cavava. Tinha sede, fome e frio. Tinha sede. Sede, mais do que tudo. O prado não era o lugar mais abundante em água, mas sendo uma princesa nunca havia sentido sede e não fazia ideia de que pudesse ser tão agonizante. Estava com muita sede, a ponto de ser capaz de beber a areia. Capaz de pegar um punhado daquela areia e beber...

No momento em que ia beber a areia entre as mãos, voltou a si.

12

A princesa chorou. Não sabia de onde vinham as lágrimas, pois sentia a garganta rachar de tanta secura, sem nenhuma gota de água sequer no corpo. Chorou, com a cabeça encostada naquela coisa que cavava. Tinha medo, frio e sede. Achou que morreria ali mesmo, no meio do deserto. Nunca mais veria o amanhecer. Nunca mais veria o sol. Nem o príncipe cego que esperava por ela, nem o prado onde nascera e crescera, nem seus pais. Morrendo ali, ninguém encontraria seu cadáver. Chorou. As lágrimas silenciosas se transformaram em soluços, até finalmente terminarem em gritos e choros, sempre com a cabeça encostada naquela pedra incógnita no meio da noite.

As lágrimas da princesa embeberam a pedra.

Ela continuou chorando.

A pedra começou a se mexer.

A princesa quase deu um salto de susto. Parou de chorar.

Um enorme peixe se contorcia, atolado na areia.

De tão inesperada a cena, a princesa deu alguns passos para trás e acabou caindo.

A parte visível do peixe era a cabeça. Mesmo sob a penumbra da lua, via nitidamente uma espécie de película branca cobrindo os olhos dele.

"Quando chover no deserto, devolva o peixe cego para o mar."

A princesa se deu conta do que estava acontecendo. Começou a cavar para tirar o peixe que se debatia na areia.

Não sabia de onde viera aquela energia; pouco antes, estava chorando de exaustão. Cavou a areia com fervor. Desenterrou os opérculos, a nadadeira dorsal e finalmente o corpo. Depois de tirar até a cauda da areia, acariciou os olhos do peixe com cuidado. Então a película esbranquiçada, rígida e fina se desfez em pedaços no chão.

O peixe bateu a cauda com força. Tomou impulso na areia e ganhou altura em direção ao céu gelado do deserto. A princesa ouviu o estrondo no momento em que o enorme peixe atravessou, como se fosse uma folha de vidro transparente, a escuridão do céu estrelado.

E começou a chover.

Caía água da fenda que o peixe abrira no céu noturno. A princesa se levantou. A água fresca e gelada caía do céu, encharcando-a por inteiro. Abriu a boca para beber. Mesmo depois de ter matado a sede, continuou bebendo e dançando alegremente com os braços estendidos para o alto.

O peixe cego tinha voltado para o mar, e a chuva caiu do céu do deserto.

A princesa estava feliz. Esqueceu-se de todo o pavor da morte e da saudade da terra natal. Era tamanha a felicidade que nem se lembrava mais de quem era e por que estava ali, no meio do deserto.

Então acordou.

Avistou os portões do palácio ao longe.

13

Quando chegou, o palácio já estava festejando. Havia uma festa no pátio e, próximo à entrada, soldados se reuniam.

— A maldição foi quebrada! O príncipe voltou a ver!

Os soldados gritavam de alegria, enquanto desfrutavam da farta comida e bebida.

— Agora que Deus quebrou a maldição, é hora de exterminar o perverso feiticeiro!

A princesa ficou apreensiva. Caminhou por entre os soldados até se aproximar do prédio principal, onde o rei discursava de uma sacada no alto.

— Com o fim do feiticeiro, a embarcação áurea será nossa! Todo o tesouro dentro dela também será nosso, e finalmente dominaremos as terras além do horizonte viajando na embarcação voadora!

Em seguida, o príncipe, que estava ao lado do pai, bradou, com os olhos arregalados que passaram a enxergar:

— Todo o ouro será nosso! O mundo será nosso!

Soldados, nobres, súditos e servos gritaram. O clamor estremeceu o palácio inteiro.

A princesa estava apavorada.

— Então é verdade o que o senhor da embarcação áurea disse? — perguntou ela, levantando a voz para se fazer ouvir pelo príncipe na sacada. — Não foi uma guerra pelas terras além do horizonte, mas por terem ficado cegos de ambição pelo ouro?

Houve silêncio no palácio. As pessoas reunidas debaixo da sacada olharam para a princesa.

— Prendam-na! — ordenou o príncipe, que foi o primeiro a entender o que estava acontecendo. — É uma bruxa enviada pelo feiticeiro! Prendam-na!

Os soldados largaram suas taças de vinho e correram em direção à princesa.

Ela tentou fugir, mas estava cercada. Foi pega antes mesmo de dar dois passos.

— Bruxa! Traidora! É uma conspiração contra nosso rei a mando do feiticeiro! — bradou o príncipe, olhando para a princesa capturada. — Matem-na!

Obedecendo, os soldados se aproximaram com lanças e espadas.

A princesa olhou para o príncipe, que estava no alto da sacada. Perdeu as palavras ao olhar em seus olhos. Não havia como protestar nem suplicar.

O príncipe estava inexpressivo. A luz que surgira nos olhos que agora viam era fria e mortiça. Aquele homem no alto da sacada, frio e cruel, mandando que a matassem, não era o mesmo que chorara em seu ombro.

Espadas tocaram o pescoço da princesa. Amedrontada, ela fechou os olhos.

Nesse momento, começou a ventar.

14

Uma tempestade cobriu o palácio. Era impossível abrir os olhos ou respirar por causa do vento e da areia. A poeira e a terra fina entravam nas narinas, na boca e nos ouvidos. Os soldados que cercavam a princesa deixaram as armas caírem. Todos protegeram o rosto com os braços, fecharam os olhos e começaram a tossir.

Um grande estrondo se fez ouvir, seguido de gritos. Com o rosto protegido pelas mãos, a princesa viu a sacada desmoronar em meio à tempestade. O rei e o príncipe despencaram e foram soterrados.

O chão começou a tremer. A princesa olhou para debaixo de seus pés. Em meio à areia, viu a terra se rachar e partir.

No momento em que o chão desapareceu, foi alçada ao alto antes que pudesse gritar de pavor. Um tique-taque familiar tomou conta de todo o ambiente à sua volta. Acima, estava a mesma sombra que um dia lhe permitira sossego.

Flutuando sobre o palácio que desmoronava, a princesa viu a embarcação feita de engrenagens de ouro sobrevoar serenamente o deserto.

15

O palácio foi completamente destruído. Não sobrou pedra sobre pedra. Do convés da embarcação de ouro, a princesa voltou a olhar para o que restava entre as nuvens de areia e terra.

— A culpa não é da princesa — uma grave voz soou pelo convés de ouro, fazendo as tábuas sob seus pés tremerem. — É possível desfazer uma maldição, porém não há como abrir os olhos de um homem cegado pela ambição. Eu já sabia que eles planejavam voltar à guerra.

A princesa assentiu sem entusiasmo. Não conseguia pensar, pois sua cabeça estava tomada por uma névoa tão densa quanto a do mundo sob seus pés.

Sentiu algo gelado e úmido encostar em sua mão. Assustada, virou a cabeça.

Era o senhor da embarcação áurea lhe entregando uma pequena taça de água, menor do que a palma da sua mão. Mesmo com todo aquele vento quente e areia, de alguma forma a água estava gelada a ponto de formar gotículas na superfície.

Ela pegou a taça com cuidado. Levou à boca. A água gelada escorreu pela garganta.

Da pequena taça, água vertia sem parar. A princesa bebeu à vontade. Tinha a sensação de que fazia muito tempo que não tomava uma água tão gelada. Talvez fosse a primeira vez.

— Fique aqui — uma voz suave soou sobre o convés de ouro. — Fique e será a senhora do vento e da areia, e viverá eternamente flutuando sobre o horizonte do tempo. Até o dia em que o sol e a lua desparecerão, todo esse espaço de onde se alcança as nuvens e as estrelas será seu.

Ela olhou para a taça. Mesmo tendo bebido à vontade, estava novamente cheia. Gotas de umidade voltaram a se formar sobre a superfície, dando-lhe uma sensação estranhamente agradável.

— Eu quero ter uma vida humana — respondeu, por fim. — Gostaria de encontrar um homem para podermos nos amar, nos cuidar, ter filhos, criá-los, vê-los criarem suas próprias famílias e seus filhos... Essa é a vida que sonho para mim.

— Ao fim de uma vida assim há sempre a morte — disse o senhor do vento e da areia em voz baixa.

A princesa assentiu com a cabeça.

— Eu sei. Mas vou viver o que puder enquanto a morte não chegar.

— Então me procure depois que acabar seu tempo como humana — sugeriu o homem da embarcação de ouro. — Não posso lhe dar uma vida, mas posso prometer paz e eternidade.

A princesa sorriu, assentindo com a cabeça.

A manga esquerda vazia do homem se agitou. A princesa sentiu um ar fresco e suave como o dos campos acariciar sua face direita.

As engrenagens da embarcação áurea começaram a girar, emitindo estalidos metálicos. Refletindo os raios solares feito chamas, a embarcação feita de rodas dentadas de ouro começou a mudar de direção. E, de costas para o sol, seguiu sobrevoando lentamente em direção ao prado, a terra natal da princesa.

Reencontro

Esta é uma história de amor dedicada a você.

Não nos perguntaram quando éramos desconhecidos
Se queríamos viver ou se preferíamos não
Eu esperava muita coisa
Mas não sabia o que desejava...

Eu estava sentada na parte sul da praça. Segurava uma caneca de vinho quente, daqueles que são vendidos em qualquer lugar durante o inverno. É uma bebida em geral feita de vinho tinto fervido em fogo baixo com temperos como cravo e canela, muito consumida na Europa em época de frio. Quanto mais tempo no fogo, menor o teor alcoólico, mas não o suficiente para deixar de conter álcool. Beber num gole só, naquele dia congelante, fez minha cabeça girar.

— Kogo pani szuka? (*Procurando por alguém?*)

Eu me virei. Ele sorriu para mim.

Abriu os braços. Fiquei de pé. Trocamos um abraço. Ele me deu dois beijos nas bochechas. Acanhada, retribuí o gesto. Mesmo estando muito feliz em vê-lo, o cumprimento com beijos sempre me deixava sem jeito.

— Mogę? (*Posso sentar-me aqui?*) — perguntou, apontando para o lugar ao meu lado.

Sorrindo, eu assenti.

— Wiedziałem, że będziesz (*Sabia que você viria*) — disse ele. — Czekałem. (*Estava esperando.*)

* * *

A primeira vez que o vi foi há muito tempo, na praça. O verão na Polônia era quente e seco. Eu estava sentada na sombra, com um refresco gelado na mão. Minha vida era instável e me deixava ansiosa. Tinha vontade de fugir, nem que fosse por um momento.

A praça estava bastante movimentada e ouvia-se mais inglês e alemão do que polonês. Era uma cidade turística. A maioria das pessoas sentadas ao pé da estátua bem no centro da cidade em pleno verão era estrangeira. Eu era uma delas e estava num café ao ar livre, perto da estátua, olhando o sol esquentar a calçada.

Foi então que vi o idoso.

Não percebi nada de diferente no início. Como disse, a praça estava cheia de gente se divertindo de diversas maneiras: tirando fotos, tomando cerveja, falando ao telefone ou conversando. Alguns andavam devagar, outros estavam parados e havia também os que passavam apressados. Tinha gente com cachorros e crianças. Não era fácil notar alguém em meio à multidão.

Mas, mesmo assim, eu reparei no idoso, primeiro porque ele andava de um jeito diferente, mancando muito. E também porque, mesmo mancando, ele se movimentava com uma agilidade inacreditável.

O terceiro motivo para eu ter começado a observá-lo foi o fato de que ele ia numa direção só. Vou explicar melhor.

A praça era quase um quadrado, no meio do qual se erguia a estátua do maior poeta polonês da época do Romantismo. Era quase um quadrado porque, além das grandes avenidas que contornavam a praça, havia ruelas que se espalhavam a partir dela em raios. Era uma típica estrutura antiga urbana europeia: ao norte, ou seja, para onde a estátua estava voltada, havia uma fileira de lojas de lembranças; a oeste, um pouco mais afastada, ficava a torre do relógio; e cafés, bares e restaurantes se espalhavam a leste e a sul. Eu estava sentada de costas para a estátua, olhando para o sul da praça.

O idoso apareceu pela esquerda e seguiu para a direita. Mancando, atravessou a avenida e desapareceu por uma das ruelas, caminhando surpreendentemente rápido. Em menos de cinco minutos, reapareceu no mesmo lugar à minha esquerda e seguiu para a direita. Sempre mancando naquela velocidade inacreditável, seguiu em linha reta e sumiu pela ruela depois da avenida. E, outra vez, em menos de cinco minutos, reapareceu outra vez no mesmo lugar à minha esquerda. Enquanto se empenhava em andar com as pernas mancas, o idoso — de boca cerrada, quase mordendo o lábio inferior, olhos arregalados e expressão aflita — atravessava a praça da esquerda para a direita, ou seja, do leste ao oeste em linha reta, diante dos meus olhos.

A praça era grande. Com aquele passo vacilante e instável, certamente levaria pelo menos de quinze a vinte minutos para atravessar o lado sul onde eu estava. Mesmo conhecendo um atalho, precisaria de vinte minutos para atravessar e mais uns vinte para voltar. Mas o idoso passava por mim em linha reta e, em menos de cinco minutos, voltava a surgir exatamente no mesmo lugar. Ia mancando naquela velocidade assustadora, repetidas vezes, seguindo sempre a mesma trajetória. Numa só direção, repetidas vezes.

— Pani też widzi? (*Você também está vendo?*)

Assustada, virei a cabeça. O homem em pé com o sol às costas parecia enorme de onde eu estava.

— Mogę? (*Posso sentar aqui?*) — ele perguntou, apontando para a cadeira ao meu lado.

Fiz apenas um sinal afirmativo com a cabeça. Na verdade, não conseguia falar, primeiro por causa do idoso andando sempre na mesma direção e segundo pelo susto que tinha levado com aquele homem enorme surgido sei lá de onde.

Ele se sentou ao meu lado.

E durante uma hora, sem dizer nada, ficamos os dois observando o idoso, que parecia não cansar, andando e andando durante todo aquele tempo, sempre mancando, na mesma direção.

Observando o idoso e aquele homem que aparecera do nada, encontrei mais um detalhe estranho. O idoso vestia longas calças pretas e uma jaqueta verde-oliva, também de mangas longas, em pleno verão. Por baixo da jaqueta, usava também uma blusa marrom que eu não sabia se era uma camisa ou um suéter, mas de qualquer forma ele parecia não sentir calor com toda aquela roupa. De onde eu estava, não dava para ver se ele suava, mas não o vi fazendo gestos para enxugar o suor. E, por mais que observasse, não conseguia entender de onde ele aparecia, para onde estava indo e como voltava ao ponto de partida em tão pouco tempo.

— Przypomina mi o dziadku — murmurou o homem.

Olhei para ele.

— He reminds me of my grandfather (*Ele lembra meu avô*) — repetiu em inglês.

A maioria dos poloneses não espera que um estrangeiro fale a língua deles. Como eu não estava entendendo nada daquela situação — não sabia quem aquele homem era, por que estava me dirigindo a palavra, quem era o idoso —, resolvi não me envolver. Por isso não respondi.

O homem pareceu não ligar.

— He was lost, my grandfather — disse. — Just like him.

Como ele apontou para o idoso, eu, naturalmente, segui o dedo.

O idoso não estava mais lá. Fiquei atônita. Fiquei de pé e olhei para todos os lados do trajeto, mas ele não estava em lugar nenhum.

— Wróci — murmurou o homem. — Zawsze wraca. (*Ele vai voltar. Sempre volta.*)

Com isso, o homem se levantou, se despediu e foi embora.

O local onde reencontrei aquele homem foi a biblioteca.

Na época, eu estava terminando o doutorado e tinha ido à Polônia fazer uma pesquisa. Tinha recebido um subsídio da universidade, mas o dinheiro mal cobria a passagem. Precisei arcar com todas as despesas do meu bolso: hospedagem, transporte e até o custo para fazer fotocópias. E eu não tinha certeza do que conseguiria depois de gastar essa fortuna. Mas, já que tinha começado, ia terminar de qualquer maneira, e um dos jeitos, o melhor que eu havia encontrado, era pegar material emprestado da biblioteca.

Como a maioria das bibliotecas do Leste Europeu, a da faculdade funcionava com o acervo fechado. Ou seja, eu precisava procurar a ficha das obras que queria consultar, preencher os formulários de solicitação um por um e entregá-los ao bibliotecário, que ia buscar o material no acervo. Então preenchi os formulários e entreguei no balcão. O bibliotecário que me atendeu foi aquele homem.

Não dissemos nada. Ele foi muito formal. Recebeu os papéis, folheou um por um e pediu que eu voltasse dali a duas horas. Então assenti com a cabeça, voltei ao meu lugar e comecei a procurar outros materiais.

Quando voltei depois de duas horas, ele disse, me entregando uma pilha de livros:

— Więc pani mówi po polsku? (*Então a senhora fala polonês?*)

— Tak. (*Sim.*)

Era uma pergunta que me faziam com frequência. Respondi de forma simples, sem me alongar. Olhando para a pilha de livros, ele perguntou:

— Druga wojna światowa? (*Segunda Guerra Mundial?*)

Não consegui responder. É que mal conseguia ficar de pé, segurando a pilha de livros com o queixo e tentando me equilibrar. Ele também não falou mais. Então, com todo o cuidado, voltei para o meu lugar.

Mais tarde, ele me disse que era porque eu conseguia ver o velhinho na praça e porque minha pesquisa era sobre a Segunda Guerra Mundial. Até aí eu podia imaginar. Era possível que ele tivesse uma ponta de curiosidade pela minha etnia, mas não perguntei. De qualquer maneira, eu passava o dia na biblioteca e, à noite, observava as pessoas enquanto comia na praça. Na época, o custo de vida na Polônia era muito baixo, e por isso, mesmo sendo um ponto turístico, os cafés ali eram acessíveis para mim (mas não os restaurantes propriamente ditos). Com uma água com gás numa mão e um sanduíche na outra, eu observava as pessoas passeando, as charretes para turistas rodando e tentava não pensar no amanhã. Não acreditava que havia um futuro brilhante me esperando. Não sabia nem se teria o que comer. Para mim, o melhor momento da vida sempre tinha sido o que acabara de passar, e o presente era sempre melhor que o depois. Eu sabia que, quando voltasse para casa, sentiria falta daquela época em que passava tempo à toa, olhando o sol se pôr. Então me empenhei em aproveitar ao máximo todos os momentos.

Foi num dia desses, quando estava procurando um lugar no café da praça depois de mais de um dia na biblioteca, que o homem apareceu.

— Piwo? (*Cerveja?*)

Foi uma pergunta curta. Depois de hesitar por um momento, fiz que sim com a cabeça.

Quando eu ia à praça depois de passar o dia na biblioteca, ele aparecia pouco depois. Nos dias de folga, acontecia de ele esperar por mim. Durante o jantar, ele costumava tomar cerveja e eu, café ou água com gás.

O idoso não apareceu mais.

— Kiedyś wrócę tu (*Um dia ele voltará*) — disse ele, e eu ri.

— Isso é o título do livro didático de polonês da universidade daqui.

— Eu sei — respondeu ele, também rindo.

O título do livro didático era *Kiedyś wrócisz tu* [Um dia você voltará aqui]. Eu não acreditava que fosse o meu caso. Não que não amasse o lugar, mas é que as oportunidades na minha vida eram raras e eu não podia continuar vivendo com a cabeça nas nuvens, entre a realidade e o sonho.

Talvez tenha sido por causa disso que aceitei quando ele sugeriu irmos para o seu apartamento.

... Se eu pudesse desejar algo
Não me sentirei à vontade
O que será que devo desejar
Um momento bom ou ruim...

* * *

Ele me pedia para amarrá-lo. O modo e a posição mudavam, mas ele sempre explicava com detalhes como queria ser preso.

Não era eu a ser amarrada, e sim ele. Como parecia importante, eu não fazia perguntas, apenas seguia as instruções. Pode ser mais do que óbvio, mas nunca tivera a experiência de amarrar alguém até então. Os nós eram muito difíceis também. Ele foi bastante paciente, repetia várias vezes a explicação e se sentia grato quando eu conseguia amarrá-lo do jeito que queria.

Mais do que fetiche, me pareceu uma espécie de obsessão. Ele tinha todo o roteiro fixo e detalhado na cabeça. E só se sentia bem quando eu, não só ele, mas eu também, seguia o roteiro com todas as minúcias. Quando algo, uma miudeza qualquer, não condizia com o esperado, ele ficava ansioso e pedia para corrigir quantas vezes fossem necessárias até acertarmos. O problema era que o roteiro só existia na cabeça dele, e eu não tinha como saber.

Superficialmente, eu era a pessoa que amarrava, e ele o amarrado. Mas, na verdade, era ele quem dava ordens e eu obedecia e seguia o roteiro predeterminado. Ele não parecia ter conhecimento de que havia um roteiro imaginário. Por isso, sempre se referia aos meus atos e métodos como "certos" ou "errados". Num sentido básico e objetivo, não há certo ou errado no modo de amarrar um amante na cama. Era difícil entender o critério dele sobre meus erros e acertos. Cada vez que explicava algo novamente ou reformulava seu pedido com palavras mais fáceis, sempre com muita paciência, eu me irritava porque ficava me achando uma idiota. Eu me sentia mais inútil porque, quando eu "errava", era visível que ele ficava ansioso e aflito, em vez de bravo.

— Me desculpe. — Ele sempre pedia desculpas quando isso acontecia. — Eu sei que isso te irrita e que sou estranho. Mas tenha um pouco de paciência, por favor.

Eu não achava estranho ou ruim amarrá-lo. Tem gosto para tudo nesse mundo. Além disso, se eu tivesse problemas com aquilo, não teria aceitado continuar naquela situação, para início de conversa. Eu gostava dele e queria fazer direito o que ele achava importante, mas, para isso, precisava entender o todo, queria ter acesso ao roteiro que existia só na cabeça dele.

Levou um bom tempo até eu entender. O apartamento dele — em termos usados na Coreia, uma quitinete — era pequeno, mas com pé-direito muito alto e uma claraboia com vista para as estrelas. Olhando para o reflexo dos nossos corpos, o dele amarrado e o meu ao seu lado, naquela janela cujo fundo era o céu noturno, ele costumava sussurrar:

— Lindo.

Eu assentia com a cabeça mecanicamente. Para mim, tudo aquilo era surreal demais para ser contemplado: a Polônia, o homem amarrado e eu.

Então ele me contou sobre o avô.

Ele foi morar com o avô no verão do ano em que completou dez anos. O avô era sobrevivente de um dos campos de concentração nazistas. Havia vários tipos de campo de concentração — os de extermínio, com as câmaras de gás, e os de trabalhos forçados, onde os cativos produziam munição de guerra. Mesmo não sendo de ascendência judaica, muitos poloneses foram levados a esses campos. Perto do fim da guerra, devido à falta de mão de obra, os soldados alemães levavam qualquer pessoa que encontravam pelas ruas para essas fábricas ou para trabalhar nas fazendas. O avô dele tinha sido uma dessas inúmeras vítimas de guerra.

— Mas ele nunca contou como foi a vida no campo de concentração. Nunca. Estranho, não?

Ele parecia mesmo intrigado.

A preocupação do avô era outra. Segundo ele, a vida do avô se resumia a "sobreviver".

O velho quase não saía. Tudo o que fazia era treinar para sobreviver sem precisar deixar a própria casa. Depois que o sol se punha, era proibido ligar a luz e fazer barulho, e também se lavar. Economizava água e mantimentos para durarem o máximo possível. A casa estava sempre cheia de enlatados.

— Eu gostava muito da Páscoa, do Natal e dos feriados católicos. Só nesses dias a gente comia qualquer coisa que não fosse enlatada.

Sendo o avô uma pessoa muito diligente, que sempre cuidava da arrumação e lavava as roupas com as próprias mãos, a casa era um brinco e seu neto sempre vestia roupas limpas. Mas havia uma mala pronta para que, em caso de emergência, pudessem escapar com rapidez. Uma das rotinas mais importantes era verificar o estado das coisas na mala e garantir que os alimentos e as pilhas das lanternas fossem trocados com regularidade.

Ele se esforçou para entender o avô e, sempre que possível, procurava respeitar esse modo de vida. Mas, aos quinze anos, pela primeira vez, o contrariou. Foi num dia de inverno em que o avô o tinha impedido de sair com os amigos depois de escurecer. O velho proibira não para controlar o neto, mas porque estava preocupado e com medo. Ele compreendia o sentimento, mas por isso mesmo não aguentou e acabou gritando com o avô.

— Eu disse que a guerra tinha acabado há muito tempo, que o comunismo tinha deixado de existir, que as pessoas eram livres e que nada acontecia com jovens curtindo na rua depois das sete da noite.

— E o que ele falou?

— Não disse nada.

Contou que o avô tinha permanecido um tempo olhando para ele, deu meia-volta e foi para o quarto. Os olhos distantes e os ombros caídos pareciam ter envelhecido em pelo menos dez anos.

Depois daquele dia, o avô parou de comprar enlatados e também de deixar a mala pronta na porta da casa. Até ele terminar o ensino médio, o avô passava o dia sentado em frente à TV e ali mesmo faleceu.

— Quando voltei para casa, encontrei meu avô ali, mas já estava morto. E, ao lado do corpo, vi o meu avô jovem. Era meu avô, mais ou menos com a idade que eu tinha na época, provavelmente antes de ser levado para o campo de concentração.

Atônito, o avô jovem olhava alternadamente para o próprio cadáver idoso e para o neto, que, com educação, mostrou a porta e assentiu. Ainda com uma expressão confusa, o avô jovem caminhou devagar até a porta e a atravessou. Ele disse que ficou olhando muito tempo pela janela, de onde podia ver o espírito do avô atravessar a praça ensolarada e sumir para algum outro lugar.

— Meu avô passou a vida inteira com medo de uma guerra que já tinha acabado e do campo de concentração que não existia mais, em uma prisão criada por ele mesmo. Só depois da morte ele passou a poder caminhar livremente pelas ruas da cidade — explicou.

— E quem era aquele senhor de idade que andava numa só direção na praça? — aproveitei para perguntar.

— Acho que deve ter sido baleado na praça durante a guerra — disse ele. — Eu o vejo com frequência ali. Acho que queria atravessar a rua e voltar para casa, mas deve ter morrido no meio do caminho de tanto perder sangue.

— Por que será que eles não conseguem sair daqueles tempos tão infelizes? Tanto em vida quanto na morte... — murmurei.

— Deve ser o que chamam de trauma — ele respondeu.

... Se eu pudesse desejar algo
Gostaria de pedir um pouco de felicidade
Porque se eu for feliz demais
Sentirei falta da tristeza

Por vezes, ele cantarolava em alemão. Perguntei que música era aquela, mas ele não sabia.

— Meu avô cantava com frequência. Deve ser uma canção da época da guerra.

Muito tempo depois, ouvi a canção num filme antigo. Era um filme sobre a Segunda Guerra Mundial e os campos de concentração. A protagonista do filme tinha adaptado uma canção cantada por Marlene Dietrich.

Vida
Eu amo a vida
... Não sei o que desejo
Mas espero muita coisa

No filme, a protagonista seduzia o oficial nazista e cantava, seminua e sorrindo, fazendo de tudo para sobreviver. Uma vida destruída, sem saber o que queria, mas amando viver mesmo assim... A letra trouxe de volta meu amigo esquecido, e pensei nele por muito tempo.

O verão passou rápido e tive que voltar. A alguns dias da viagem, perguntei:

— De que tipo de tristeza você sente falta para pedir que eu te amarre?

Ele me olhou com uma expressão cheia de sentimentos complexos.

— Ninguém nunca me perguntou isso — respondeu depois de um bom tempo.

— Você se sente feliz quando está amarrado? — perguntei de novo.

— Não — respondeu de imediato. E acrescentou, depois de pensar um pouco: — Me sinto seguro quando estou amarrado.

— Seguro?

Ele sempre queria que eu o amarrasse com toda a força. Estava claro que sentia dor quando eu fazia isso; seu corpo ficava marcado com faixas vermelhas da pressão. Por mais que eu fosse mulher e ele, homem, por mais que estivesse sendo amarrado pela amante, não era possível que ficar preso com tanta força pudesse fazê-lo se sentir de alguma maneira seguro.

Ele sussurrou devagar:

— Sinto que me deram permissão para continuar vivo.

Com essa resposta de partir o coração, eu o amarrei com mais força ainda.

Quando o reencontrei, ele continuava no mesmo apartamento. Não me lembrava direito porque fazia muito tempo, mas o lugar parecia mais vazio e silencioso do que antes.

— Achei que você fosse estar casado — falei.

— Cheguei perto — respondeu.

— Por que não deu certo? — quis saber.

— Ela não queria me amarrar — ele disse, e eu fiz que sim com a cabeça. — E você? — perguntou ele. — Por que não se casou?

Pensei um pouco até encontrar a maneira mais simples de explicar:

— Tenho muitas dívidas. Minha mãe pegou dinheiro emprestado no meu nome.

E ela continuava a fazer isso. Não pude explicar com mais detalhes porque não sabia como dizer "falsificação de documentos" em polonês.

Depois de assentir como se tivesse entendido, não perguntou mais nada. Eu gostava muito desse jeito dele.

— Aquele velhinho continua na praça? — perguntei.

— Deve estar. Não o tenho visto porque ele só costuma aparecer no verão — respondeu.

O idoso que atravessava a parte sul da praça, sempre na direção do leste para o oeste, fora o primeiro fantasma que eu tinha visto. Nunca havia visto nenhum outro, nem antes nem depois, nem na Coreia nem em outro país, além do velhinho da praça. Até então.

— Sério? — Ele ficou surpreso. — Você estava tão calma que achei que visse fantasmas o tempo todo.

Ele tinha quatro anos quando começou a dizer claramente que via coisas que os outros não viam. Não só gente, mas até gatos, cães ou cavalos mortos. Pequeno demais para entender sobre a morte, ele achava graça em pessoas ou animais semi-transparentes que atravessavam objetos ao redor.

Como a maioria dos poloneses, seus pais eram católicos. Quando ele falava de animais mortos, a mãe achava que era imaginação de criança, mas depois que começou a descrever parentes e conhecidos com detalhes a mulher entrou em pânico. Ela o levou para ser benzido, se confessar com o padre e passar dias e dias inteiros na igreja, mas nada adiantou. Ele chegou a descrever o pároco falecido dois anos antes ou o vizinho cujo enterro tinha sido na semana anterior. Então a mãe o levou para casa, parou de lhe dar comida e começou a bater nele sempre que reclamava de fome.

Os efeitos da punição física foram imediatos e ele passou a se calar sobre pessoas ou animais mortos. Mas deixá-lo sem comer só trazia efeitos contrários: o jejum potencializava seus sentidos. Sobretudo quando adormecia de estômago vazio, falava alto enquanto conversava com os mortos durante o sono e chegava a se levantar e perambular pela casa na companhia dos falecidos. Isso deixava a mãe desesperada e, no dia seguinte, ele apanhava o dia inteiro, trancado em casa, sem comer. A mãe sempre batia nele chorando e depois rezava, também derramando lágrimas. Como ele sabia que a mãe também se mantinha em jejum o dia todo e que rezava chorando em voz baixa sem dormir durante a noite, quanto mais apanhava, mais culpado ele se sentia. No ano em que completou dez anos, o tio materno da mãe, ou seja, seu tio-avô, faleceu. Quando ela voltou do velório, ele disse adeus com a voz e o jeito do falecido tio-avô, que nunca tinha visto na vida. Não se lembrava nada daquilo. Depois disso, a mãe passou dias sem comer e foi hospitalizada, e ele foi mandado para a casa do avô, ali na cidade. Foi então que eu descobri que ele não era do sul do país, mas sim dos subúrbios de Varsóvia.

— Sua mãe ainda mora lá?

— É provável que sim — respondeu. — Não a vi mais depois que vim ficar com meu avô. Tivemos um encontro muito rápido na minha formatura do ensino médio, mas nunca mais nem falei com ela.

— E seu pai? — perguntei.

Ele nunca tinha falado do pai. Percebendo que estava sem jeito, pedi desculpas.

— Sinto muito por perguntar.

— Não, não é isso. É que meu pai... Como dizer... — Ele franziu as sobrancelhas. — Meu pai era... um homem incerto. Entende?

Não entendia. Esperei.

— Quando minha mãe ou meu avô estavam comigo, eles tinham um objetivo claro de existência, sabe? Meu avô, por exemplo, sempre tinha o que fazer, porque seu objetivo era sobreviver como na época da guerra. Precisava deixar a mala de emergência pronta, verificar se havia água e comida enlatada suficiente, desligar a luz e não fazer barulho à noite, até finalmente chegar ao amanhecer sentindo que sobreviveu a mais um dia. E, com a minha mãe... — Parou um pouco para pensar. — É verdade que sofri quando morei com ela, mas o meu objetivo quando morava com ela era ser um bom menino, porque ela sofria quando eu era mau. Ela chorava quando eu falava coisas feias, rezava em jejum, me amarrava na cama, me batia e muitas vezes me deixava preso ali a noite inteira, para eu não sair andando com os mortos. Então, não ser um mau menino era o principal objetivo da minha vida. Mas meu pai... — Ele voltou a franzir as sobrancelhas. — Ah, meu pai é o filho do avô com quem morei. Mas era muito diferente. Não tinha um objetivo claro na vida nem parecia ser uma pessoa feliz ou alegre. Parecia estar sempre com a cabeça

em outro lugar enquanto executava tarefas insignificantes —
acrescentou depois de pensar um pouco. — Meu pai... não
sei. Nem falo mais com ele.

Eu podia entender de onde vinha a bruta e cruel clareza
com que ele falava. Um grande pavor e insegurança diante
da ameaça à vida ou ao destino que estão sempre por um fio.
Era compreensível que todo o seu instinto de sobrevivência
estivesse voltado para agradar a única pessoa capaz de decidir
se permitiria que continuasse vivo ou não.

Não é fácil superar quando se passa a entender as coisas
dessa forma após uma experiência traumática. É uma questão
de sobrevivência.

Sob o ponto de vista da obsessão, também achava compreensível que meus pais se empenhassem tanto em manter, ou
melhor, expandir sua vida a custo da minha, corroendo meu
futuro. Quando eles diziam que eu deveria ser grata por terem
me criado, ficava implícita a ameaça de "Em vez de terem me
matado ou me deixado para morrer". Estavam sendo sinceros.
Para a geração dos meus pais e a anterior, sobreviventes da
Guerra da Coreia e da Segunda Guerra Mundial, a principal
questão era a sobrevivência conquistada pelo instinto, e não
uma vida digna e humana.

Ainda assim, compreensão e perdão são duas coisas dis-
tintas.

— Você me amarra? — ele sussurrou.

Eu assenti.

— Consegue partir depois que essa noite acabar? — perguntei.

— Eu não sei — respondeu ele e perguntou de volta: —
E o que você vai fazer depois que eu partir?

Eu não soube responder.

— Vai voltar para o seu país?

— Não — respondi. — Nunca mais volto para lá.

Essa resposta surpreendeu até mesmo a mim.

— Então eu fico aqui com você — disse ele, baixinho.

— Obrigada — sussurrei.

Quando abri os olhos na manhã seguinte, ele não estava ao meu lado. Abri a porta do banheiro. Ele estava de olhos fechados na mesma posição de antes, de quando morreu enforcado no radiador.

Toquei-o de leve. Ele abriu os olhos.

— Quer que eu te desamarre? — perguntei.

Como não podia responder por causa da corda que ainda o sufocava, ele apenas piscou os olhos.

Enquanto desatava a corda, cantarolamos em silêncio.

... Se eu pudesse desejar algo
Não me sentirei à vontade
O que será que devo desejar
Um momento bom ou ruim

Não era mais possível desejar bons tempos, mas tampouco queria pedir por maus. Esperava por algo, mas não sabia o quê. Não havia mais futuro. Todas as formas de vida que ele e eu conhecíamos estavam presas no passado.

Para algumas pessoas, a vida se resume a estar presas num momento no passado, revivendo repetidamente o momento em que um choque brutal fez refulgir o instinto de sobrevivência — e esse choque as fez se dar conta de que estavam vivas. Esse momento, apesar de curto, permanece após ter terminado; os outros, sejam bons ou maus, escorrem como areia por entre os dedos. Pessoas presas no passado, sem ao menos perceber que a vida segue fluindo: ele, o avô, a mãe, eu... Estejamos vivos ou mortos, não passamos, na verdade, de fantasmas do passado.

... Se eu pudesse desejar algo
Gostaria de pedir um pouco de felicidade
Porque se eu for feliz demais
Sentirei falta da tristeza

Soltei o pescoço e depois as mãos dele.

— Como você conseguiu? — perguntei admirada. — Como é que conseguiu se enforcar com as mãos atadas?

— Pensei e planejei durante muito tempo — ele respondeu, com uma ponta de orgulho. — Eu tinha que conseguir sozinho. Ia ser muito difícil se não conseguisse de uma vez só. Ia continuar vivo, só machucado e sentindo muita dor.

Abracei-o com força. Pensei nele, sozinho naquele apartamento, tentando descobrir a maneira mais eficiente de se enforcar durante tanto tempo.

— Tudo bem — ele disse. — Obrigado.

E desapareceu. Fiquei sozinha no banheiro vazio do apartamento.

Não nos perguntaram quando éramos desconhecidos
Se queríamos viver ou não
Agora eu ando sozinha por essa cidade grande
Espiando as casas pelas portas e janelas
Esperando e esperando por algo...

Agora eu não tinha mais nada pelo que esperar.

Mas continuei ali, em pé. Esperando alguém aparecer milagrosamente para me desamarrar desta vida.

ESTA OBRA FOI COMPOSTA PELA ABREU'S SYSTEM EM ADOBE GARAMOND
E IMPRESSA EM OFSETE PELA GRÁFICA SANTA MARTA SOBRE PAPEL PÓLEN NATURAL
DA SUZANO S.A. PARA A EDITORA SCHWARCZ EM JANEIRO DE 2024

A marca FSC® é a garantia de que a madeira utilizada na fabricação do papel deste livro provém de florestas que foram gerenciadas de maneira ambientalmente correta, socialmente justa e economicamente viável, além de outras fontes de origem controlada.